漢詩でめぐる九州戦国史

吉永正春

海鳥社

漢詩でめぐる九州戦国史◉目次

漢詩でめぐる九州戦国史

訪亀丸城址

亀丸城址《かめまるじょうし》を訪《と》う

薩[イ]南天地出名[ロ]侯
以徳為兵仁愛優
誰識賢[ハ]婦庭[ニ]訓警
亀丸城址思[ホ]悠悠

薩南《さつなん》の天地《てんち》　名侯《めいこうい》出ず
徳《とく》を以《もっ》て兵《へい》と為《な》し　仁愛《じんあい》優《まさ》る
誰《たれ》か識《し》らん　賢婦《けんふ》庭訓《ていきん》の警《いまし》めを
亀丸城址《かめまるじょうし》　思《おも》い悠悠《ゆうゆう》

語意

イ、薩摩（鹿児島地方）南部。ロ、名君、島津相模守忠良《しまずさがみのかみただよし》（日新）をさす。ハ、忠良の母常盤《ときわ》のこと。ニ、親の教えと、いましめ。ホ、遠くはるかに思いをはせる。

詩意

薩摩南部の天地から名君といわれた島津相模守忠良が出た。彼は兵を用いるのに徳を以てしたので慕われ、仁愛にすぐれていた。誰か知っているだろうか、忠良の母常盤が息子への教えと警めたことを、亀丸城址でそんなことを考えながら遠いはるかな昔に思いをはせている。

歴史考

島津忠良（日新、日新斎と号す）は、明応元年（一四九二）九月、鹿児島南部の亀丸城（別名伊作《いざく》城、日置市吹上町）城主の父伊作善久と母常盤夫婦の嫡男として生まれた。幼名菊三郎と称したが、三歳の時、父善久が急死する。二十三歳で寡婦となった常盤は聡明で気丈な女性だったが、義父久逸《ひさとし》（善久父）や菊三郎をはじめ家臣らを抱えて城を守ってゆかねばならなかった。

常盤は夫の死後、嫡男菊三郎の教育に心をくだき、当時の女性には珍しく和漢の教養を身につけていたので、自ら手をとって教えた。

亀丸城跡の碑（日置市吹上町、日置市教育委員会提供）

だが、学問とともに城主の跡とりにふさわしい人間学が大切で、息子が七歳になった時、城下の海蔵院の頼増和尚に彼の教育を頼んだ。師の頼増は菊三郎を領主の子として区別せず、起居を共にして厳しく教育した。

頼増和尚は儒・仏・禅を主体にし

た人間教育をし、また薙刀《なぎなた》など武術も教練した。そして上に立つ者の心構えを説いた。常盤は和尚の厳格な教育に対して少しも口を挟まず、彼にまかせとおした。彼女は目先の愛におぼれず息子の将来に大きな愛情を注いだ。

ところが、二年後の明応九年十月、常盤の舅《しゅうと》、伊作久逸が島津一族の紛争に巻き込まれて加世田で戦死してしまった。夫亡きあと、舅をたのみの綱としていた常盤はまたしても深い哀しみを味わう。今や彼女の肩に城の運命が大きくのしかかってきた。時に常盤二十九歳。菊三郎九歳であった。

常盤は賢く勇気ある女性だったが、容貌も美しかった。そんな彼女に目をつけて妻にと申しこんできたのが、島津一門の田布施城主、島津相模守運久《ゆきひさ》（相州家を称す）である。

彼は阿多・田布施・高橋（いずれも日置市金峰町）を領し、常盤の亡夫、善久とは、いとこ同士だった。当時、妻を亡くしていた運久は美貌の常盤に心を動かし、妻にと再婚を申しこんだ。

常盤は運久の申し出を断わるが、彼は再び使者を差し向けた。そこで彼女は、再婚する意志がないことを古歌に託して伝えた。だが、運久の彼女への想いはつのり、いやなら腕ずくでもと強硬な態度を見せる。運久には獰猛な一面を物語る話もあった。戦乱の世は些細《ささい》なことでも戦の火だねになりかねない。

「これから先、女ひとりで城を守り通すことは到底できまい。運久は、そんな男だけに敵にまわせば恐ろしいが、味方にしたなら頼もしい力になるだろう。息子の将来のために相州家を味方につけよう」

彼女はこう決心すると、運久に一つの条件を申し入れた。それは運久に後継者がいなかったので、ゆくゆくは彼の所領を残らず息子菊三郎に譲ってくれるなら、あなたの申し出を受けましょう、という将来への保証であった。

運久は彼女の条件を直ちに承諾して、その旨を誓紙に認めて届けてきた。だが、彼女は運久だけでなく老臣たちの連署も要求した。老臣たちが反対すれば、せっかくの約束も反故《ほご》になる。運久は、これに対しても老臣一同の誓紙をとって常盤のもとに届けてきた。そこで彼女は、はじめて運久の妻となり、文亀元年（一五〇一）田布施城へ移った。

一方、海蔵院で厳しい教育をうけていた菊三郎は永正三年、十五歳の時、亀丸城へ帰った。菊三郎は元服すると三郎左衛門忠良と改名した。彼はすでに大器の片鱗《へんりん》を見せていた。運久は常盤との間に二人の女子をもうけたが、永正九年（一五一二）、常盤との約束を守り、忠良に所領地全部を譲って隠居した。時に忠良二十歳。ここに忠良は伊作、相州両家を継いで田布施城に移り、両家四カ所の所領を合わせて国内統一への足固めをする。彼は母の教えを守り領民を愛し、士道を励ましたので、島津一族の中でも、その勢いは強くなってきた。

忠良は、後に日新斎《にっしんさい》と号したが、戦にも強く、その勇敢さとは別に慈愛の心をもった文武兼備の名将で、島津同族が分立して薩摩国内で血みどろの戦いを続けていた戦国初期、彼の出現によって国内統一の基礎を築き、さらに子、貴久《たかひさ》、忠将《ただまさ》、孫義久、義弘、歳久、家久らの活躍により大隅、日向を従えて遂に三州を統一する。

忠良は母常盤の薫陶をうけて歌道にも秀れ、自ら伊呂波《いろは》歌四十七首をつくって家中の精神教育をした。忠良の子貴久は中興の祖と仰がれた。その偉業を達成させたのは父忠良の力に負うところ大きく、その忠良を教導したのは母常盤である。大永五年（一五二五）十月十日、常盤は阿田の城で五十四歳の生涯を終えた。

忠良が少年期、母常盤と共に過した亀丸城址に立つと、薩南のこの地から戦国島津氏の基礎を築いた名君の出現と、母常盤の教えなど思いは遠くはるかである。

岩剣山城

岩剣山城《いわつるぎさんじょう》

岩剣山城《イ》扼二州《ロ》
薩隅争闘止悲愁
麑侯《ハ》経略《ニ》雄図跡
戦国攻防往事《ホ》悠

岩剣山城《いわつるぎさんじょう》　二州《にしゅう》を扼《やく》す
薩隅《さつぐう》の争闘《そうとう》　悲愁《ひしゅう》を止《とど》む
麑侯《げいこう》の経略《けいりゃく》　雄図《ゆうと》の跡《あと》
戦国《せんごく》の攻防《こうぼう》　往事《おうじ》悠《はる》かなり

岩剣山への登山口

語意

イ、鹿児島県姶良《あいら》町重富にあり、標高約一五〇メートル、山頂は剣の如く突出した岩山で、薩摩、大隅の国境を扼《やく》す要害。ロ、薩摩、大隅の二国。ハ、麑（鹿児島）の君主、島津貴久をさす。ニ、大きな立派な計画。ホ、はるか昔のできごと。

詩意

岩剣山城は、薩摩と大隅の二国をおさえる国境にあるが、両国の軍勢は、この城の争奪のため戦い悲愁を止めている。

薩摩の戦国大名、島津貴久の大隅国進出の雄大な計画の跡が感じられ、戦国の攻防を演じた岩剣の合戦は、はるか遠い昔のできごとになってしまった。

歴史考

天文十九年（一五五〇）十二月、島津貴久は、伊集院から鹿児島へ移り、内城を築いた。

その四年後、貴久は、国衆の祁答院《けどういん》氏が守る岩剣城攻略を命じた。貴久の長男義久、二男義弘も参加、とくに義弘は初陣《ういじん》だった。義弘のこの初陣が、島津氏の鉄砲初使用と偶然にも一致している。

岩剣城は、北に始良平野が広がり、南に山岳地帯をひかえて、標高一五〇メートルの岩剣山上にあり、東、北、西の三方は岩盤が絶壁状の険崖となっていて、剣の如く突兀《とっこつ》として聳え、まさに断崖の上にある堅固な要塞であった。

当時、この城は、島津氏と対立する渋谷氏の一族、祁答院良重《よししげ》（帖佐《ちょうさ》城主）の兵が守っていたが、薩隅国境に近い要害として、島津にとって大隅進出のカギを握る城であった。

天文二十三年九月、西大隅、最大の国衆蒲生範清《かもうのりきよ》はじめ、薩摩中部を地盤とする渋谷一族の祁答院良重、入来院《いりきいん》重嗣《しげつぐ》や山北の菱刈《ひしかり》隆秋《たかあき》らは、島津に反抗して挙兵、島津に帰順していた肝付兼盛《きもつきかねもり》が守る加治木城に攻めよせた。この急報を受けた貴久は、弟忠将《ただまさ》、尚久を従え、加治木救援の軍を率いて鹿児島を発ち、子の義久、義弘、歳久の三兄弟もこれに従った。

貴久は、まず祁答院良重の拠点帖佐城を弟忠将に攻めさせ、主力を岩剣城攻撃に向けた。『岩剣御合戦記』などによると、貴久の長男義久は、叔父尚久、弟歳久とともに、姶良郡平松村西南の狩集《かりずまり》に陣をとり、さらに日当比良《ひなびら》に進んだ。また、義弘も一隊を率いて白銀《しらがね》坂より岩剣城の東麓、脇元《わきもと》に攻め入り、人家を焼き払った。

しかし、岩剣城は守りが堅く、攻撃してもびくともしなかった。九月十四日、貴久の弟、島津忠将は、城外の脇元に出た敵に対し、鉄砲で攻撃した。一方、これに対して祁答院勢も鉄砲を発射して応戦している。近代戦の先駆とされる長篠合戦より実に二十年前に実戦に鉄砲が使用されている。

九月十八日、忠将は、兵船五十余艘をもって重富の北方を流れる別府川を溯《さかのぼ》り、帖佐城を攻め、鉄砲を使用して戦果をあげた。このように、味方の加治木城救援と、岩剣攻略戦、それを妨害する敵城への攻撃などで、岩剣城は容易に落ちず難航していた。

貴久の父島津日新も陣中に来て、貴久はじめ一族を励まして、「この合戦には兄弟のどちらかが戦死する覚悟でなければ勝利できないであろう」と説いた。大将貴久は、自ら死を決意して全軍を奮起させた。

十月二日、貴久は岩剣城へ最後の総攻撃を命じた。また、その前夜、弟尚久の一隊を城辺の山中に潜行させていたが、当日、城の西門を攻めて外郭に火をかけさせた。城兵が火焔《かえん》に気をとられて騒いでいる間に、尚久の隊は城へ迫っていった。

その時加治木城を攻囲していた蒲生、祁答院らの連合軍二千余が、岩剣城救援に駆けつけてきた。貴久の次子義弘は、初陣ながら勇躍して直ちに星原に出て、これを迎撃し、迫る敵に鉄砲を撃ちこんで自ら軍の先頭に立って敵陣に突入。激戦して遂に敵を撃ち破って潰走させた。

この合戦で、祁答院重経（良重の子）、蒲生の将西俣盛家ほか主な者が討死するなど島津方に比べ犠牲が大きく敗退した。貴久は、城兵に降伏を勧告して時間を与えて待った。その夜、城兵らは闇にまぎれて退去した。

翌十月三日、島津貴久は、身内や一族の者はじめ、諸将を引きつれて入城し、二十日余に及んだ激戦の跡を偲び、戦歿者の慰霊を行った。同月六日には、貴久の父日新斎も鹿児島から出てきて戦勝を祝い、その労苦をねぎらった。

戦後、貴久は、この合戦で大きな軍功を立てた義弘を岩剣城に置き、以後、三年間、城将として守備させた。

島津は、この岩剣合戦の勝利によって、反勢力の南進をくい止め、同時に大隅地方進出の拠点を確保して、三州統一へのルートを拓くことになり、以後の領国経営に大きく影響することになった。

島津日新

島津日新《しまづにっしん》

城以不城人作城
用兵卓亦有憐情
日《イ》新歌《ロ》導人生訓
戦《ハ》国島津従此栄

城《しろ》を以《もっ》て城とせず　人を城と作《な》す
兵を用《もち》いるに卓《すぐ》れ亦《また》　憐《あわれ》みの情あり
日新《にっしん》の歌導《かどう》　人生の訓《おしえ》
戦国島津　従此栄《これよりさか》ゆ

語意

イ、島津忠良（日新、日新斎と号す）。ロ、日新は歌道にも秀でて自ら伊呂波《いろは》歌四十七首を作って家中の精神教育をした。ハ、日新の出現によって戦国島津は栄えてゆく。

詩意

城だけを城とせず人を城とするのだ。日新は用兵にすぐれ、仁愛の心を持っていた。彼は、伊呂波歌四十七首を作って家中を教導して人生の訓とした。日新の出現によって戦国島津氏は繁栄する。

日置市吹上町にある「島津日新公誕生地碑」（日置市教育委員会提供）

歴史考

島津忠良は、明応元年（一四九二）、伊作島津家九代、善久の嫡男として誕生。父の死後、母常盤《ときわ》（梅窓夫人）が島津相州家当主、島津運久《ゆきひさ》と再婚したので、のちにその所領を譲渡され、田布施《たぶせ》、高橋、阿多を併せて四郷を領した。天文二年（一五三三）から日置、伊集院、市来、谷山、川辺、加世田へと勢力を広げて薩摩半島を領国化していった。

一方、島津本家では各分家に対する統制がとれず、国人層への支配権が弱体化していたので、十五代島津勝久は、分家の伊作《いざく》城主、島津忠良に懇請して、彼の嫡子貴久《たかひさ》（当時十二歳）を養子にして家督を譲り本家当主に迎えた。勝久は忠良の軍事力を後盾にして本家権力の強力化を図った。

忠良は息子貴久を補佐して、本家を狙《ねら》う分家の薩州家、島津実久と数年にわたる抗争に打ち勝ち、さらに勝久の変心に対抗してこれを排除するなど戦国島津氏の基礎づくりに大きく貢献した。彼は天文十四年頃からは、貴久に政略を委せて加世田城に隠居、伊呂波《いろは》歌などによる島津家中の精神的指導を果たした。忠良は永禄十一年（一五六八）十二月十三日、加世田で没した。享年七十六。

展大内義隆墓

長門イ名刹ロ緑陰冥
静境永留英傑ハ霊
大内ニ栄華渾若夢
追懐戦国古堂ホ庭

大内義隆《おおうちよしたか》の墓《はか》に展《てん》す
長門《ながと》の名刹《めいさつ》　緑陰《りょくいん》冥《くら》し
静境《せいきょう》永《なが》く留《とど》む　英傑《えいけつ》の霊
大内《おおうち》の栄華《えいが》　渾《すべ》て夢《ゆめ》の若《ごと》し
追懐《ついかい》す戦国《せんごく》　古堂《こどう》の庭《にわ》

語意

イ、長州、山口県西北部の長門市一帯。ロ、大寧寺《たいねいじ》、長門市湯本にある曹洞宗の寺院。ハ、大内義隆《おおうちよしたか》をさす。ニ、大内氏。ホ、大寧寺の庭。

詩意

長門市湯本にある有名なお寺、大寧寺の墓域は緑陰で暗い。静かな場所に戦国大名大内義隆と従者らの霊が永く留まっている。大内氏の栄華は、すべて夢のようである。大寧寺の庭内で、戦国の出来事を思いおこしている。

歴史考

大内氏は、二十代盛見《もりはる》から二十六代義隆まで、六代にわたって西中国、豊前、筑前（北九州）を支配した最大の守護大名であった。

大内氏正系最後の当主となった義隆は、永正四年（一五〇七）生まれで、父義興の死後、二十二歳で家督を継ぐ。彼は父祖いらいの宿敵、山陰の尼子《あまご》氏と戦い、攻防をくり返す。

天文五年（一五三六）、少弐資元《すけもと》を討って筑前方面を平定。豊、筑を支配する。

だが天文十一年、義隆は、自ら一万五千の軍を率いて出雲国《いずも》（島根県）に尼子氏を攻めたが、尼子軍の猛反撃にあって敗れ、しかも嗣子晴持《はるもち》を失い、以後、軍事から遠ざかり、戦国大名でありながら戦いを忘れた平和主義者になってしまう。

戦国期の大内氏支配圏は、周防《すおう》、長門（山口県）を中心に、東は備後《びんご》（広島県東部）、石見《いわみ》（島根県西部）から、西は豊前《ぶぜん》、筑前《ちくぜん》（北九州）にまで及んでいた。

義隆は、御奈良天皇の即位をはじめ、朝廷、公卿への経済的援助をして貴族文化への繋りを深めた。彼は官位をのぞみ、当時破格の「従二位」の高位にまで昇った。

また、九州で少弐氏を滅ぼす際には、その官位、大宰少弐より上位の「大宰大弐」の官位を得て優位に立って追討した。彼の官位への執着は、伝統の権威を維持し、官位を媒介にして貴種大内氏の社会的優位を認めさせようとするものであった。

義隆の都ぶりの傾倒は、貴族の娘を正室、側室にして、京都から前関白二条尹房《ただふさ》らの貴族たちを山口に招いて居住させ、また学者、高僧、芸能人らを下向させて保護し、彼らの文化活動を支援した。それまで一度も戦火に見舞われなかった山口の市《まち》は、都の文化が溢れ、一万戸をこえる人家が立ち並んで、〝西の京《みやこ》〟と称された。

義隆が住んだ築山館《つきやまやかた》（山口市上竪小路）は、現在の八坂神社、築山神社の周辺一帯を含む広大な土地だったという。彼は、ここで公卿や文臣、芸能人たちを相手に日夜、歌会、蹴鞠《けまり》、月見の宴などを催し、優雅な殿上人の生活をおくり、言葉まで京都ことばを使うほどかぶれていた。義隆は、国政の相談も文事派の人物を重用して採り入れたので、武断派との対立を生むようになる。

この状況を憂えて大内家の武将冷泉隆豊《れいぜいたかとよ》は、「乱世を生き抜くには武事を忘れてはなりますまい。隣国から攻められたら、いかがなさるおつもりか、文字の学にふけり民心から離れたら、当家も滅亡いたしますぞ」と、時には熱涙をもって諌めた。また、老臣陶隆房《すえたかふさ》（のち晴賢）も、義隆が官位の昇進に熱中して、国費を浪費するのに苦言を呈していた。

西の京、山口の文化は、義隆の湯水の如き出費によって栄えたが、その結果、巨額の浪費による大内家の財政は悪化し、民衆への重税となってはねかえった。

巷《ちまた》には、民衆の苦しみをよそに、優雅な生活にふける国主義隆や、大内家の食客、公卿たちへの怨嗟《えんさ》の声が広がった。

天文二十年八月二十七日、陶隆房、内藤興盛らの武断派の重臣たちは、決起軍を集結して大内打倒のクーデターを起こした。

義隆の将、冷泉隆豊、天野隆良、黒川隆像《くろかわたかかた》らは、築山館によって反乱軍をひきうけ、思う存分戦って死ぬことを誓いあい、主君義隆に覚悟を促したが、義隆は側近らの意見をいれて、海上からの活路を見いだすため仙崎（長門市）目ざして落ちていった。昨日までいた三千の兵は、一夜にして千余に減り、さらに脱走者が続出、残るは近習と冷泉ら武将たちのわずかな手兵だけとなった。山口の街は反乱軍によって焼かれ、燃えさかる炎の中に築山館をはじめ、大内氏の文化財がつぎつぎに灰となった。そして、この苦難の逃避行で、力つきて捕えられた公卿たちへの無惨な虐殺が行われた。

義隆一行は、やっと仙崎の海に出たが、悪天候のため海上からの脱出をあきらめ、引き返して湯本の大寧寺に入り、ここを最後の死に場所とした。

かつては、七州の太守と仰がれ、従二位の高位にまで昇った義隆の哀れな姿に、住職の異雪和尚は、思わずはらはらと涙を流した。すでに門前まで敵の軍勢が迫り、鬨《とき》の声があがった。和尚は、今はただ義隆主従が安らかに死んでいけるよう仏法の神髄を説いた。

冷泉隆豊は、義隆に最期の時がきたことを告げ、方丈に火を放った。火はたちまち燃え広がり、その焔《ほのお》の中で義隆は自害して四十五歳の生涯を閉じた。介錯《かいしゃく》は隆豊がしたが、彼は義隆の遺骸が完全に炎に包まれるまで、敵が近ずくのをゆるさなかったという。時に、天文二十年九月一日。巳刻《みのこく》（午前十時ごろ）であった（『大内氏実録』）。

義隆の辞世として次の一首が伝えられている。

討つ人も討たるる人ももろ共に如《にょ》露《ろ》亦《やく》如《にょ》電《でん》應《おう》作《さ》如《にょ》是《ぜ》観《かん》

いま自分たちを討とうとしている者も、討たれようとしている自分たちも、所詮、人の命は露のようにはかなく、また一瞬の電《いなずま》のように短い、このように考えれば、心おきなく死んでゆくことができるという意味。

長門市湯本の大寧寺にある大内義隆の墓所

義隆は、この辞世のように死期を悟って、命のせめぎあいを避け、ひたすら仏道に縋《すが》り炎の中に消えていった。冷泉はじめ、最後まで義隆を守って戦った者たちは、みな壮烈な最期をとげた。

一代の英傑、大内義隆だったが、民衆から見放された末路は哀れで、彼の栄華も一瞬の夢に過ぎなかった。この政変が四六〇年余を過ぎた今日でも、社会に対する多くの教訓を残していることを知る。

菊池義武

菊池義武《きくちよしたけ》

火[イ]国興亡宛若煙
豪[ロ]雄志業覇[ハ]図旋
憐君骨肉叔[ニ]甥戦
四百星霜遺恨伝

火国《かこく》の興亡《こうぼう》　宛《さなが》ら煙《けむり》の若《ごと》し
豪雄《ごうゆう》の志業《しぎょう》　覇図《はと》旋《めぐ》る
憐《あわれ》む君《きみ》が骨肉《こつにく》　叔甥《しゅくせい》の戦い
四百《しひゃく》の星霜《せいそう》　遺恨《いこん》を伝《つと》う

語意

イ、肥後国をいう。ロ、菊池義武をさす。ハ、覇権をめぐる謀りごと。ニ、叔父、甥の戦い。

詩意

火の国（肥後）の興亡は、煙のように消えてしまっている。豪雄菊池義武は、豊後の甥大友宗麟との家督覇権をめぐる骨肉の争いをしたが、四百年の歳月が過ぎ、討たれた義武の遺恨を伝えている。

歴史考

菊池義武（幼名菊法師、重治、義国、義宗など別名あり、左兵衛佐、号道闇）は、豊後の大友家十九代、大友義長の二男で、二十代義鑑《よしあき》の弟である。

永正十七年（一五二〇）、肥後守護菊池氏の弱退に乗じ、兄義鑑の肥後支配計略のもとに、菊池家の家督継承のため送りこまれ、肥後に入国して、隈本（熊本）を本拠とした。

しかし、天文三年（一五三四）、大内氏に通じて豊後の兄大友義鑑に反旗をひるがえして対抗する。そのため義鑑の追討をうけ、肥前島原に亡命。さらに八代《やつしろ》の相良氏をたよって避難する。

義武が去って肥後には守護家はなく、菊池氏の家臣たちは大友の支配に従う。

天文十九年（一五五〇）二月、大友家の家督をめぐる嫡庶の争いに端を発した〝二階崩れ〟の変が起こり、当主義鑑は家臣に害されて横死する。

菊池義武は、この機に乗じて肥後奪回をはかり、鹿子木《かのこぎ》、田島氏ら有力国衆の協力を得て隈本城に入り、肥後南部や筑後南部の諸氏と呼応して肥後制覇にのり出す。

一方、義鑑の死後、大友家二十一代の家督を継いだ長男義鎮《よししげ》（のち宗麟）は、叔父菊池義武の肥後撹乱に素早く対処し、戸次鑑連《べっきあきつら》、志賀親守らの部将たちに命じて隈本城を攻囲した。

義武らの菊池勢は、頑強に抵抗して戦ったが、大友軍の猛攻をうけて遂に落城、義武は島原へ逃れ、さらに八代の相良氏をたよって亡命するが、天文二十三年十一月二十日、甥義鎮から出された和平締結に応じて豊後に赴く途中、直入郡木原《きばる》（現大分県竹田市城原）法泉庵におい

菊池義武の墓（竹田市城原・法泉庵、写真撮影・森康司）

て、義鎮の手の者によって殺害された。

享年五十。法名、笑屋院殿道闇大居士。

菊池義武は、兄大友義鑑の命で肥後に入国したが、兄のロボットにならず、かえって豊後の宗家と対立、義鑑死後は、甥義鎮と骨肉の争いを演じて敗れ、不運な生涯を終えた。

彼の最後の場所となった竹田市城原の法泉庵には、義武のものと伝わる墓が残っている。

千倉峰懐古

相約豊[イ]西南北河
暗雲可恨[ロ]沛然波
[ハ]千倉山下血烟跡
[ニ]堤氏悲風哀惜多

千倉峰懐古《ちくらのみねかいこ》

相約《あいやく》す豊西《ほうさい》　南北《なんぼく》の河《かわ》
暗雲《あんうん》恨《うら》む可《べ》し　沛然《はいぜん》の波《なみ》
千倉山下《ちくらさんか》　血烟《けつえん》の跡《あと》
堤氏《ていし》の悲風《ひふう》　哀惜《あいせき》多《おお》し

語意

イ、豊後（大分県）の西部、日田地方。ロ、雨の一時的に激しく降るさま。ハ、日田市大字三和にある。ニ、堤越前守鑑智以下、堤一族をさす。

詩意と歴史参考

戦国たけなわの天文十八年（一五四九）、豊後大友氏の支配下にあった日田郡（現日田市一帯）を差配していた七奉行（郡老）のひとり堤越前守鑑智《あきとも》（堤城主）は、国主大友義鑑の命をうけ、勘気を蒙った郡老財津大和守（藤山城主）を討つため、高瀬越後守（郡老＝高瀬城主）と謀《はか》り、日時を約して攻める予定だったが、当日、思いがけなく豪雨となり、川向うの高瀬勢は、渡河できず、やむなく堤勢のみ単独で決行することになった。

「今は一戦に雌雄を決するに途なしと、一軍をまとめて手城ヶ岳に布陣せり」(『豊西記』)とあるように、一族、家士たちを率いて手城ヶ岳の麓野に布陣して、藤山城に攻めこもうとしていた。ところが、財津方は、この堤勢の動きを察知して、早くも多勢をもって、これを迎撃、両軍は手城ヶ岳の前面、千倉の峰の原野で激戦を展開した。

手城ヶ岳は、千倉の峰の背後をなすものと考えられるが、地形からは、あるいは同一別称とも思われ、血烟をあげた千倉麓辺の戦場跡に〝陣ヶ窪〟の名を残している。

だが、小勢の堤方の死闘も空しく、優勢な財津軍に包囲されて討たれ、鑑智も奮戦のすえ遂に壮烈な死を遂げた。天候急変による高瀬勢不参加の不利な条件の中で、鑑智主従は主命を奉じて戦い、節義に殉じた。

陣ヶ窪で討死した鑑智主従を村人たちが憐れみ、その後、山上に自然石の墓碑を建てて弔ったという。現在、大小七つの墓碑があり、〝堤の七人塚〟と呼ばれて土地の人たちから崇敬されていたという。

なお、付記すれば、堤鑑智戦死後、国主大友義鑑は、再び高瀬越後守に財津誅伐を命じた。高瀬は、前回の堤鑑智との違約に報いるため、奮起して藤山城を襲い、火をかけて攻め落とした。そのため城主財津永満は、周防に逃れたが、その後、義鑑の赦しがでたので帰国、再び藤山城に帰城できたという。

権力者の命によって、一族郎党の命運を左右され、その犠牲になって死んでいった堤鑑智らの無念の胸中を思う時、戦国のむごい悲傷が胸をつき、哀惜の情がわいてくる。

日田の有力国人、堤、財津、高瀬らに同士討ちを演じさせた国主大友義鑑は、翌、天文十九年二月、大友家の家督問題のことから、嫡子義鎮（後の宗麟）派の家臣に斬られて死んだ。義鑑死後、義鎮が家督を継ぎ、二十一代当主となった。

堤城址は、今は城内公園として市民の憩いの場所となっているが、その一隅に堤越前守鑑智の殉節を詠じた千倉峰懐古の碑が建っている。

堤城趾にある千倉峰懐古の碑（日田市・上城内公園）

少弐氏滅亡　少弐氏滅亡《しょうにしめつぼう》

筑《イ》肥争《ロ》覇見興亡
少《ハ》弐栄光已渺《ニ》茫
誰識城《ホ》原千《ヘ》載恨
昔時人没引懐長

筑肥《ちくひ》の争覇《そうは》　興亡《こうぼう》を見る
少弐《しょうに》の栄光《えいこう》　已《すで》に渺茫《びょうぼう》
誰《だれ》か識《し》る城原《じょうばる》　千載《せんざい》の恨みを
昔時《せきじ》の人《ひと》没《ぼっ》し　懐《おも》いを引《ひ》くこと長《なが》し

語意

イ、筑前、肥前両国。ロ、覇権を争う。ハ、鎌倉以来の九州三人衆（少弐、大友、島津）として筑・肥両国の数代の守護であったが、戦国期に入り衰退して滅ぶ。ニ、遠くかすかなさま。ホ、佐賀県神埼市にあり、少弐氏最後の盛福寺城があったが、龍造寺氏に攻められて滅ぶ。へ、千年（永遠）の恨み。

詩意

筑前、肥前の覇権争いに興亡の歴史を見る。両国の守護として覇者の座にいた少弐氏の栄光は、すでに遠くはるかである。

誰か知っているだろうか、城原で滅亡していった少弐氏の千年の恨みを、昔時の人は已に死んでいないが、当時の思いに長く引かれる。

歴史考

少弐氏の出身は、武蔵国戸塚郷《とつかごう》（現横浜市戸塚区）と言われている。本姓は武藤《むとう》氏で、鎌倉幕府によって九州に派遣され、土着した〝下り衆〟のひとりである。源頼朝の能臣武藤資頼は、建久年間（一一九〇—一一九九）、鎮西奉行、大宰少弐《だざいのしょうに》に任ぜられ、北部九州数カ国の守護職を兼任するなど事実上の支配者となった。その子資能《すけよし》は、官途の少弐氏を姓にして大宰府を守護所に改め、現地最高官として実務を掌握する。同時期ごろの下り衆、豊後の大友氏、薩摩の島津氏らに比べて少弐氏の権限の範囲は広く現在の福岡、佐賀、長崎三県に相当する。

以後、武藤少弐氏は大宰少弐を世襲、元寇の国難に際しては九州武士団を指揮して戦い、難局を切り抜けた。その後、島津、大友と共に〝九州三人衆〟として勢威を振るった。

南北朝、室町期を通じて少弐氏は、太宰府の有智山《うちやま》城を本拠にし、菊池、渋川、大内氏らと戦った。とくに建武三年（一三三六）、少弐貞経《さだつね》（五代）は、菊池軍に攻められて城兵三百余人とともに同城で戦死したが、当時、九州落ちした足利尊氏を助けて、足利幕府開設の原動力となったのは、この貞経、頼尚父子であった。

その後、永享五年（一四三三）、十代少弐満貞《みつさだ》は、中国の雄、大内持世と筑前の覇権を争って敗死した。その子教頼《のりより》は有智山城を逃れ、対馬の島主、宗貞盛《そうさだもり》をたよって避難する。

応仁元年（一四六七）、京都の大乱によって世は戦国期を迎えるが、少弐教頼は対馬兵を率いて博多に上陸、太宰府奪回を目ざして大内軍と戦ったが、不運にも有智山城を目前にして近くの水城《みずき》で戦死した。

教頼の長男少弐政資《まさすけ》は、太宰府奪回の悲願に燃えて、宗氏の援助のもとに文明元年（一四六九）正月、京都の乱に出払って手薄な大内方の隙をついて対馬から出撃、宗氏の舟百余艘で玄界灘を押し渡り、博多に着岸し、太宰府に進攻、遂に三十七年ぶりに有智山城を奪回した。

その後、政資は博多を治め、朝鮮貿易を行って経済面に力を入れた。博多は、大友氏も元寇以来の地盤を有していたから、両者は連携していた。当時、朝鮮の人、申叔舟《しんしゆくしゆう》が記した『海東諸国紀』には、「博多は住民万余戸、西南四千戸を少弐、東北六千戸を大友が分治していた」と記されている。文明初年から約十年間が、戦国少弐氏の全盛期であった。

その少弐氏を支えて尽力するのが、対馬の宗氏や佐賀（古名は佐嘉）の龍造寺氏らであった。だが、文明十年、再び大内氏の大攻勢が始まり太宰府は戦火にさらされ、敗れた政資、高経父子は肥前に逃れた。

その頃、対馬の宗貞国は、少弐氏から離れて大内氏に通じていたので、政資は対馬にも避難できなくなっていた。だが、肥前東部には、龍造寺、神代《くましろ》、馬場、江上、小田らの少弐与党が主家少弐氏を支えていた。

延徳元年（一四八九）政資は、勢いを盛り返して探題渋川氏を攻め破り、明応五年（一四九六）、再び有智山城を奪回した。だが、つかの間の喜びに過ぎず、翌年、大内義興は大軍を率いて筑前に進攻、有智山城を攻め落とし、少弐勢を撃破したので、政資は太宰府をのがれて転々と移城し、最後は多久へ逃れて再起を図ろうとしたが、大内軍の追及を受け、同地の専称寺において自害した。また子の高経も追われて市川（佐賀市大和町）で自刃している。

高経の弟資元は、佐賀城原の盛福寺《せいふくじ》城に入って、ここを拠点にして、妻の実家大友氏と同盟を結んで、大内軍と各地で戦う。一方、享禄元年（一五二八）、少弐最大の敵、大内義興が死去し、子義隆二十二歳が家督を継ぎ、父祖の遺業北九州経略に意を注ぐ。

大内義隆は、父義興同様に筑前・豊前守護に補任され、北九州経営の癌である少弐勢力一掃を目ざす。義隆は、筑前守護代、杉興運《すぎおきゆき》を肥前東部に発向させ、少弐勢力の制圧にかからせたが、主家少弐資元を支える龍造寺家兼らの働きによって反って敗退する。

天文三（一五三四）年十月、大内義隆は、自ら三万余の大軍を率いて筑前に入り、太宰府を本陣として少弐討伐の軍勢を各地に差し向ける。

龍造寺家兼は、資元に状況の不利を説いて大内との和議を進言し、資元も同意して翌同四年、和議を結び盛福寺城を明け渡して子冬尚《ふゆひさ》とともに城原を去った。

義隆は資元父子が去ったのち、陶興房《すえおきふさ》らに命じて少弐氏の所領、東肥前の三根・神埼などの地を没収してしまった。今や流浪の身となった資元は、密かに多久に移り、子冬尚は蓮池の小田政光をたよった。天文五年秋、義隆は陶興房らの軍勢をもって多久に攻め入らせ、資元を追いつめたので、死期を悟った資元は、同地の父政資が眠る専称寺に入って自害して果てた。五十歳近い年齢だった。

この年、大内義隆は、少弐氏より上位の、大宰大弐に任ぜられている。また、戦国の世を平定する豊臣秀吉が生まれている。

資元死後、子少弐冬尚は、与党の小田政光（蓮池城主）に守られていたが、天文十年、再び少弐家の当主として自立をのぞみ、自ら佐賀水ヶ江城の龍造寺家兼（剛忠）のもとに行き、支援を懇願した。

家兼は、旧主少弐家の没落に同情して、従前どおり冬尚を守り立ててゆくことを約し、彼を盛福寺城に復帰させ、子家門を後見にした。

ところが、冬尚は四年後の天文十四年に、少弐一族の馬場頼周《よりかね》（綾部城主）と謀って、龍造寺一族（家兼の子や孫）らを謀殺する。理由は、先年、父資元の死は、龍造寺が大内に内通していたからというもので、龍造寺の声望を妬《ねた》む頼周の策謀といわれるが、一族を失い残された家兼は、この時九十二歳の高齢であった。

家兼は柳川に追放され、龍造寺家は、まさに滅亡の危機にあった。だが、旧臣たちの努力で、間もなく復帰、馬場頼周を討って一族の亡魂に報いた。

翌同十五年、家兼が死去し、曾孫の胤信《たねのぶ》が龍造寺家を継ぎ、隆信となのる。戦国大名、龍造寺隆信の誕生であった。彼は内紛の危機をのり越え、肥前統一を目ざし、父祖の怨敵少弐討伐に執念を燃やす。

一方、少弐冬尚は、龍造寺勢力の抬頭を喜ばぬ東肥前の領主たちに擁されて、隆信に対抗するが、時代の潮目が変わり、少弐の支持勢力は、隆信の武力の前につぎつぎに降伏、崩壊していった。

少弐冬尚の墓（神埼市・真正寺）

永禄二年（一五五九）正月、龍造寺隆信は、配下の軍勢を率いて冬尚の拠城盛福寺城を攻めた。冬尚の防戦も及ばず、彼は自ら命を絶ち、三十三歳の生涯を城原の地で終えた。

初代資頼いらいおよそ三百七十年、討つ人も討たれた人も、すでに亡く、人の世の業苦恩讐を越えて城原川の水は、少弐氏栄枯の歴史を映しながら今日も流れている。

門司城址

門司城址《もじじょうし》

海峡[イ]要衝門司城[ロ]
芸豊[ハ]争覇決輸贏[ニ]
回頭戦国干戈[ホ]跡
風惹悲愁懐古情

海峡《かいきょう》の要衝《ようしょう》　門司城
芸豊《げいほう》覇《は》を争《あらそ》い　輸贏《ゆえい》を決す
頭《こうべ》を回《めぐ》らせば　戦国干戈《せんごくかんか》の跡《あと》
風は悲愁《ひしゅう》を惹《ひ》く　懐古《かいこ》の情

語意

イ、関門海峡。ロ、北九州市門司区めかり、古城山上にあった中世の山城で、軍事上の要城であった。ハ、芸＝安芸の毛利氏、豊＝豊後の大友氏。ニ、勝負。ホ、戦い。

詩意

関門海峡の要所に位置する門司城は、かつて毛利、大友両軍が覇権を争い、勝敗を決して戦ったところで、思いめぐらせば戦国時代の合戦があった跡である。城址の風は悲愁をよび、懐古の情がわいてくる。

歴史考

門司城は、関門海峡に突き出た企救半島北端の、めかり古城山頂（一七五メートル）にあった中世の山城だった。もともと、この地の地頭下総《しもうさ》（のち門司氏をなのる）氏によって十三世紀後半に築かれたと伝えられるが、この城の重要性は中国と、九州両路の上陸拠点であり室町、戦国期にかけては中国の雄、大内氏が管理していた。

その後、戦国の熾烈《しれつ》化とともに、門司城争奪に大内、大友、毛利らの強雄たちが、鎬《しのぎ》を削る戦いを演じた。

天文二十年（一五五一）、西国随一の勢力を誇った大内義隆が滅びると、その遺臣毛利元就が後継者として、それまで大内氏が支配していた北九州（豊筑）への進出を図り、大友との不可侵の誓約を破って九州へ侵攻する。一方、九州で勢威を振るう豊後《ぶんご》（大分県）の大友義鎮（宗麟）は、他所者《よそもの》の侵入を許さずとして、これを阻止するため、毛利と戦端を開き、抗争をくり返すようになる。

永禄元年（一五五八）六月、毛利軍は門司城を攻め、大友の守将、怒留湯主人《ぬるゆもんど》を敗走させたが、大友方は、海峡の自由を確保し、北九州防衛のため反撃の機を狙う。

同四年、防長の雄、毛利元就は隣国出雲の尼子氏と対戦中だったから、この機をのがさず義鎮は門司城奪回のため攻勢に転じた。

門司城は大友軍の猛攻をうけて苦戦におち入った。元就は門司城救援のため直ちに三男小早川隆景の軍を急行させ、小早川軍は、下関海峡を押し渡って裏側から城内に入った。また、長男隆元も配下の軍勢をもって下関に留まり、いつでも出撃できる態勢をとった。

その頃、城中で大友軍に内応しようとする者がいて、十月十日を期して烽火を合図に、いっせいに大友軍を城内に引き入れる計画をしていた。ところが前日になって、これが発覚し、内通者は、その日のうちに処刑されてしまった。

毛利方は、これを逆用して合図の烽《のろし》を打ち上げさせたので、まんまと引っかかった大友軍は、山上目がけて押しよせた。これを待ち伏せしていた小早川勢が鉄砲で狙い撃ちしたので、不意を突かれた大友軍は、多くの死傷者を出して後退した。

その後、大友方は再び攻撃をくり返し、両軍は激しく攻防戦を展開して多くの血が流れた。だが、城の守りが堅く、長路の大友軍にとって日が経つほど不利となり、奪回できずに遂に門司城周辺から撤退する。

十一月四日、豊後へと退却してゆく大友軍は、船で先廻りした毛利水軍の追撃をうけてさらに犠牲者を出した。『陰徳太平記』は、門司城合戦の大友軍の死傷者千三百余、毛利軍はわずか七十人と記している。

翌永禄五年にも毛利、大友両軍は、門司城周辺で戦ったが、城や海峡の実権は毛利側によって掌握されていた。

だが、大友宗麟も、この屈辱を晴らすため外交手腕で中央に働きかける。その結果永禄七年、幕府の仲介で大友、毛利の講和が成立、元就の九男秀包《ひでかね》と宗麟の娘（のちにキリシタン名、マセンシア）との婚約が実現した。講和の条件をのんで毛利元就は、占拠していた門司、松山、香春岳などの諸城を大友側に返した。

　両者の間に、いったん平和が訪れたが、同十年から十二年にかけて毛利、大友両氏は、再び筑前で戦うことになるが、海峡と門司城の重要さは、さらに増してくる。

門司城跡の碑（門司区めかり公園）

　門司城は、昭和二十年の終戦まで約八百年にわたって厳しい時代とともに海峡と一体化して要塞の機能を果たし、宿命の歴史を綴ってきた。第二次世界大戦中は下関要塞司令部によって軍事上、城内は立入禁止されていたが、終戦後、解放されて登山できるようになった。今は平和な公園、史蹟地として静かに海峡を見おろしている。

　城址に立てば、今から約四百五十前、この城をめぐって大友、毛利両軍が激しく戦ったことが追想され、眼下に広がる海峡から喊声が聞こえてくるようだ。海峡に架かる関門大橋には、世上に知られたこの戦場跡を無関心に、今日も多くの車が往来している。

　城址の一隅に、作家劉寒吉氏の筆になる「門司城跡」の碑が潮風をうけて建っている。

宝満城督高橋鑑種

劉(イ)家遠(ロ)裔蔵(ハ)門盟
衆寡難支宝(ニ)満城
英(ホ)傑雄(ヘ)図渾若夢
往(ト)時追想感滋生

宝満城督高橋鑑種《ほうまんじょうとくたかはしあきたね》

劉家《りょうけ》の遠裔《えんえい》　蔵門《ぞうもん》の盟《ちか》い
衆寡《しゅうか》支《ささ》え難《がた》し　宝満城《ほうまんじょう》
英傑《えいけつ》の雄図《ゆうと》　渾《すべ》て夢《ゆめ》の若《ごと》し
往時《おうじ》を追想《ついそう》すれば　感滋《かんますます》生《しょう》ず

語意

イ、ロ、漢王室の劉邦を遠祖とする後裔をいう。ハ、劉家の家系で帰化民族の子孫大蔵氏一門の盟い。ニ、太宰府市の北東に聳える宝満山（古名竈門山、八六九メートル）上に築かれた戦国期の山城。ホ、高橋三河守鑑種《たかはしみかわのかみあきたね》。ヘ、雄大な計画。ト、過ぎ去った当時。

詩意

戦国時代、筑前太宰府の奥に聳える宝満山の城督（有力城主の軍事的呼称）高橋三河守鑑種は、主家大友宗麟の治世に不満を抱き、大蔵氏一門の原田、秋月らと同盟して毛利元就と結んで反旗を翻《ひるがえ》した。

鑑種は、毛利の支援を受け、大蔵一族の首謀者として大友軍と戦うが、敵大軍を支えることができずのちに降伏する。彼が志したものは、大友支配に苦しむ豊筑諸家の解放独立にあったが、それも夢のように消えてしまった。

過ぎ去った当時のことを追想すれば、感じることが、ますます生じてくる。

歴史考

高橋鑑種は、豊後、大友氏一族の一万田家の出で、戦国大名、大友義鑑頃の享禄三年（一五三〇）に生まれた。義鑑の子義鎮（後の宗麟）と同年である。

そのころ、筑後の名家、御原《みはら》郡（福岡県小郡市一帯）高橋家に跡嗣ぎがいなく、足利以来の検断職《けんだんしき》（警察を司る）の家系も絶えようとしていた。

大友義鑑は、豊後の支配下にあった高橋家一同の願いをいれて、老臣一万田親敦の次男左馬助を送りこんで高橋の家督を継がせた。

左馬助《さまのすけ》は、主君義鑑の一字をもらい高橋三河守鑑種となのった。『歴代鎮西要略』には、天文末年ごろ、筑後の大蔵氏高橋武種の養嗣子になったと記されている。彼は、一万田から高橋と改姓して、この時から大蔵氏一門のひとりとなる。鑑種の「種」の一字は、大蔵氏代々の通字である。

「大蔵」とは、漢王朝（劉邦を始祖とする）の子孫が、わが国に渡来、帰化して、朝廷に仕え「大蔵」の姓を賜わったのでそれが氏姓となったと伝えられている。

彼ら先進文化の血は九州にも入り、多くの支族をつくって栄えた。その中で原田、秋月、高橋の三氏が、最も勢力があった。

鑑種は〝大友一族〟としてよりも、渡来貴族大蔵氏としての誇りをもち、高橋城の城主として宗家大友氏に尽くす。

天文十九年（一五五〇）、大友家の家督継承問題から嫡庶子の争い（二階崩れの変）が起こり、義鑑が不慮の死を遂げ、嫡子義鎮が庶子側を制して大友家二十一代の家督を継ぐ。彼は後に宗麟と号した。宗麟の代で大友家は、九州一の勢力となって最盛期を迎える。

永禄二年（一五五九）、高橋鑑種は、それまでの軍功で主君宗麟（当時は義鎮）から筑前宝満城督に任命され、筑前の要《かなめ》である太宰府統治に当たることになった。

鑑種は、御笠郡二千町の所領を与えられ、軍事、行政の最高責任者となった。彼は宝満城督となってから宝満山上を城郭化して本城とし、隣接する四王寺山の中腹にある岩屋城を支城として太宰府の防衛線を固め、天満宮をはじめ多くの社寺を統轄した。

宝満山は、七世紀、心蓮上人によって開山され、修験信仰の霊山として知られるようになり、最盛期は山麓から山腹にかけて三七〇坊もの多くの僧房が建ち、山徒集団を形成していた。

また、豊前の彦山、求菩提《くぼて》山とともに、厳しい修験道が行われ、宝満山伏《やまぶし》として知られた。

鎌倉期以降、この山の中腹に、少弐氏が有智山《うちやま》城を築いてから太宰府防衛の拠点となった。その後、足利、菊池、少弐、大内、大友らの諸豪による太宰府攻防のたびに宝満山は戦火を浴びた。

歴史を見つめてきた宝満山山頂の巨岩

天文二十年、九州に勢力をもち大友と抗争を続けてきた中国の雄、大内氏が滅ぶと豊、筑の支配権は、大友氏が掌握し、太宰府は大友の族将高橋鑑種によって経営されることになった。鑑種は主家に忠誠を誓って働き、社寺や領民の支持を得ていった。

一方、大内義隆の遺臣毛利元就は、大内氏の遺領豊筑（北九州）を手に入れるため大友に対抗して有力国人らに味方につくように画策しはじめる。

ところが、宗麟の信頼と期待をあつめていた鑑種が、敵方の毛利の説得に応じて主家に弓を引くようになる。なぜ鑑種が敵方の毛利側に走ったのか、その理由を『九州治乱記』『歴代鎮西要略』などは、宗麟が鑑種の兄一万田弾正の美貌の妻を奪い、弾正を殺害したからと記している。

だが、このほかにも大友からの独立と、毛利側の熱心な説得工作や鑑種家臣団には大蔵氏族の系流が多く、反大友側に立つ同族原田、秋月らと同盟して絆を強めたことによるもので、大蔵一門のつながりが大きく起因している。

永禄十年に入り、鑑種は大友軍の来襲に備えて武器、弾薬、食糧などを宝満、岩屋の両城に運びこませて籠城の準備に入った。この時、天満宮の神官、僧たちも鑑種に協力して入山し、山内の山伏たちも武装して戦列に加わった。

そのころ秋月種実も鑑種と盟約して古処山城で兵を挙げ、これに呼応して原田隆種《たかたね》（高祖城主＝糸島市）、筑紫惟門《これかど》（勝尾城主＝鳥栖市）、立花鑑載《あきとし》（立花山城主＝糟屋郡新宮町）、宗像氏貞（蔦ヶ岳城主＝宗像市）らの有力城主らが決起した。

中でも大友支族の立花鑑載は、〝西の大友〟と称された筑前の要塞立花山城を守り、博多防衛の重責を担《にな》ってきたが、主家への不満と、鑑種からの大友離反の説得をうけて毛利側に付くことを決め、その後、反旗をひるがえす。

宗麟は、毛利と結んで筑前擾乱の中心となった鑑種の所業を憎むとともに、乱鎮圧のため戸次、臼杵、吉弘らの諸将に命じて豊後、肥後、筑後の兵二万をさずけて討伐に向かわせた。

同年七月、大友軍は太宰府に押しよせ、宝満城への攻撃を開始、剛勇の鑑種は兵を率いて城外に出て戦ったが、敵大軍に抗しきれず後退し、遂に籠城して戦うことになった。

だが、岩屋城は攻撃されて鑑種の将足立兵部をはじめ、城兵多数が討たれて落城した。大友軍は、さらに筑紫を降し、宝満攻めの一軍を留めて秋月へ向かい、古処山城を攻めた。

一方、宝満城に籠る高橋鑑種は、天険を利用して頑強に抵抗し、寄せ手に損害を与えたので、大友軍は城方の弱るのを待つ持久策をとった。しかし、社寺、領民たちは密かに城への食糧など運び支援を続けていた。

翌永禄十一年九月、毛利軍は北九州への出兵を開始するが、その二カ月前に立花山城は大友軍に攻め落とされて城将立花鑑載は自刃し、代わって大友の将兵が入城した。

そのころ肥前の龍造寺隆信も毛利に通じて佐賀城で決起、大友への軍事行動をおこす。そのため宗麟は、自ら出陣して戸次、吉弘、臼杵らの主力軍を討伐に向かわせる。

翌十二年三月、毛利元就は大友軍佐賀出動の隙をついて、四万の大軍をつぎ込んで、博多の前衛立花山城への攻撃を開始させた。

大友の城兵は支えきれず降伏、遂に毛利軍が占領した。事態の急変で宗麟は急拠龍造寺側と講和させ、主力軍を立花山城奪回に差し向けた。その後、両軍は半年有余にわたって大小の合戦を繰りひろげたが、勝敗決せず膠着状態となった。

その間、高橋鑑種は、宝満の城兵をもって大友軍の背後を襲って敵の首をとり、これを毛利陣営に送り届けた(『森脇飛騨覚書』)。

両軍の膠着状態は、宗麟による山口への逆上陸作戦によって破られた。本国の危機でさすがの元就も立花在陣の諸軍に急ぎ撤退を命じ、山口防衛に当たらせた。

毛利軍撤退後、立花山城は大友軍が奪回。毛利の支援を失った高橋、秋月らは遂に降伏した。鑑種は、大蔵一門を結集して大友からの独立を図り、自ら豊筑解放の旗振りとして先頭に立ち、主家大友宗麟と戦った。だが、頼みの毛利軍の撤退で見放され、万事休して開城した。宝満山上に独立の夢とロマンの烽火《のろし》を打ち上げた彼の雄大な計画は、すべて夢のように消えてしまった。

宗麟は鑑種の降伏を許そうとはしなかったが、実家一万田氏の嘆願によって助命され、所領没収のうえ豊前小倉へ移された。

鑑種は、ここで初代小倉城主となり、秋月種実の子元種を養子にして香春岳城（田川郡香春町）に在城させた。

鑑種は、剃髪して宗仙と号し、宗麟に恭順の態度を表していたが、天正六年（一五七八）大友軍が日向で島津軍と戦って大敗すると、再び豊筑統一にのりだす。

彼は豊前蓑島《みのしま》（福岡県みやこ市）で大友方に付いた毛利の将杉重良を討ち、田川郡を切りとり馬ヶ岳城を攻略、秋月種実の三男種信を入れて豊前の名家長野氏を継がせるなど目ざましい活躍をした。だが鑑種は小倉在城十年にして、天正七年四月二十四日、波乱の生涯を終えた。五十歳であった。

鑑種が死去の前に書きのこしたという置き文（遺書）が、宮崎県立総合博物館に収蔵されているが、全文五十字、漢文で記された文面には、次のように記されている。

「豊筑の諸家、左に袒《たん》せんか右に袒《たん》せんか、両端《りょうたん》を模稜《もりょう》するのみ。大将旗を靡《なび》かすれば則ち掌握《しょうあく》に帰す。四老劉《りゅう》を安んぜんか、劉を滅《めつ》せんか。老や、よくよく此《こ》れ吟味希《ぎんみねが》う処に候。高橋三河守鑑種」（読み下し）

左につき右について一定しない豊筑諸家に対し、大蔵一門が主導権をとり、大将の旗振りをすれば、きっと諸家を掌握できる。四人の老臣たちよ、劉（漢の高祖、劉邦を遠祖とする家系をさす。大蔵氏族だけにしか分からない氏姓）の家を安泰させるか、滅亡させるか、よくよく考えてもらいたい。という意味だが、鑑種が宝満山上に盟った大蔵一門主導による豊筑国家独立への思いが秘められている。

懐休松合戦

休松合戦《やすみまつかっせん》を懐《おも》う

古[イ]処山畔迫大兵[ロ]
乾[ハ]坤一擲決輸[ニ]嬴
休[ホ]松夜襲攘仇恨
秋[ヘ]月武名青[ト]史明

古処山畔《こしょさんはん》　大兵《たいへい》迫《せま》る
乾坤一擲《けんこんいってき》　輸嬴《ゆえい》を決《けっ》す
休松《やすみまつ》の夜襲《やしゅう》　仇恨《きゅうこん》を攘《はら》う
秋月《あきづき》の武名《ぶめい》　青史《せいし》に明《あき》らかなり

語意

イ、福岡県朝倉市秋月と、嘉麻市千手にまたがる標高八六〇メートル。山頂付近に戦国時代、秋月氏の本城古処山城があった。ロ、多くの兵、大軍（大友軍をさす）。ハ、運命をかけて勝負すること。ニ、勝敗。ホ、現、朝倉市上秋月安見ヶ城、永禄十年、休松合戦時の大友軍布陣地。へ、秋月種実《あきづきたねざね》。ト、歴史。

詩意

古処山の畔《ほとり》には、大友の大軍が迫っている。いちかばちかの運命をかけて秋月種実は、勝敗を決するため、休松の敵陣を夜襲して大友軍を撃破し、父祖の恨みを取りはらった。この休松合戦の武名は九州戦国史上に明らかである。

歴史考

「秋月の町って、どんな町」と、聞かれたら、私は「町全体に歴史が生きている町」と答える。「秋月」という幻想的な名を持つ朝倉市秋月の町は、中世鎌倉期の秋月氏から、近世黒田氏の幕末まで、およそ七〇〇年にわたって筑前中南部の城下町として栄えた。

緩《ゆる》い坂の両側に古い街並みをつくり、町の象徴、古処山の渓流は潭空庵を下り清冽な水を野鳥川に注いで町の中を流れている。

筑前秋月氏は、黒田氏入国以前の中世期、約三八〇年間、山間の秋月を本拠にして、筑前地方に勢威を振るった有力国人領主であった。秋月氏は『秋月家譜』に記されている漢王室を起源とする渡来帰化民族の後裔といわれ、朝廷に仕えて「大蔵」の姓を賜わったとされている。

天慶《てんぎょう》の乱（九四〇）で、海賊藤原純友《ふじわらのすみとも》討伐に功があった大蔵春実《おおくらはるざね》は、乱平定後、九州に所領を得て居住、子孫は大宰府政庁の府官となって軍政の職務にあたった。大蔵氏の一族は嫡流の原田をはじめ秋月、高橋、三原、田尻、江上、砥上らの土地の名を氏名にして各地に分散して発展していった。

筑前怡土《いと》郡（現糸島市）原田荘の地頭となった原田種直《はらだたねなお》（春実七代の孫）は、十二世紀の源平争覇の時、大宰権少弐《だざいのごんのしょうに》の官位にあり、九州平家方の将として源氏武士団と戦い、平氏政権を支えたが、寿永四年（一一八五）、平家一門が壇の浦の海戦に敗れ、種直は捕えられて鎌倉に送られ幽閉された。

種直は、後に許されて帰国するが、無一物の状態だった旧主の彼を土地の支援者たちが再起を助けて高祖城に入城させることができたという。

秋月氏の祖となる大蔵種雄《たねかつ》は、この種直の弟（一説に子）といわれるが、別系図では、大蔵氏一族砥上《とがみ》種成《たねなり》（種直のいとこ）の子種雄が建仁三年（一二〇三）、その所領を継いで、土地の名をとって「秋月」姓をなのり、宮園の地に居館を築いて杉本城と名づけた。また、古処山上に山城を築いてここを本城とした。

秋月氏は、この種雄を初代として代々、筑前夜須郡秋月に土着して原田、高橋と並んで大蔵氏三豪族の一人として、一族の通字「種」の名を用いて有力国人領主として発展する。

戦国期に入ると、十二代種照、十三代種朝、十四代種時、十五代種方（一説に文種）、十六代種実へと続くが、中国の雄、大内氏に属し、反大内側の少弐、大友氏らと戦った。

だが、大内勢力をバックにしていた秋月にとって思わぬできごとが起こった。天文二十年（一五五一）、九州に勢威を振るっていた大内義隆が、家臣陶隆房（のち晴賢）らのクーデターによって滅びると、それまで大内勢力に押さえられていた大友氏は、この政変の間隙《かんげき》を突いて大軍を送り北九州を支配下においた。当時、大友家の当主は、二十一代大友義鎮（宗麟）であった。

一方、大内義隆の遺臣毛利元就《もうりもとなり》は、大内の後継者として実力を蓄え、弘治元年（一五五五）、遂に陶晴賢の軍勢を厳島において撃破し、晴賢を討って反対勢力を掃討、さらに国内平定を進めて支配権を確立した。

毛利元就は、足下を固めると、大内の遺領豊、筑（北九州）の地を大友から奪回するため、謀略をめぐらせる。元就は、大友支配を嫌う秋月種方（古処山城主）、筑紫惟門《ちくしこれかど》（五ヶ山城主）、ら有力国人たちを味方につけて大友との離間工作を図り、彼ら国人たちを支援したので、大友への反旗は、みるみる広がっていった。

義鎮は、直ちに戸次鑑連《べつきあきつら》、臼杵鑑速《うすきあきすみ》、高橋鑑種《たかはしあきたね》らの部将たちに討伐を命じ、弘治三年六月下旬、二万余の大軍を発向させ、七月初め大友軍は秋月領に攻め入り、古処山城を包囲した。

秋月種方は、古処山城に拠って防戦したが、圧倒的大軍に抗しきれず同月七日、城は焼かれて種方は自害、嫡男晴種はじめ一族、郎党の多くが討たれて死んでいった。秋月家は、まさに存亡の危機にあった。一方、筑紫惟門も防戦及ばず自ら城を焼いて落ちのびた。

秋月種方の二男種実はじめ三人の遺児たちは、家臣に守られて城下を脱出、毛利氏をたよって落ちていった。種実は、この時、十三歳であった。種実らの大友への復讐心は、この時から始まっていた。

その後、毛利元就の庇護を受けて成長した種実は、永禄二年（一五五九）正月、旧臣らの復帰運動と、元就から兵と資金の援助を得て秋月に帰り、大友の守兵を襲って古処山城を奪回した。種実の復帰については、永禄二年から同四年頃までの間と思われる。

秋月を滅亡の寸前までに追いやった大友義鎮は、永禄二年、筑前、豊前、肥前の守護職となり、本国豊後をはじめ六カ国を支配し、さらに九州探題職に任じられ、九州最高の官位と、最大の勢力を持つ戦国大名となった。

だが、永禄四年から五年には、毛利、大友両軍の北九州制覇をかけた熾烈《しれつ》な戦いが行われ、結果は、大友側が敗退し、義鎮は敗戦の一新を図って「宗麟」と号するようになる。

一方、秋月種実には、その後、強力な味方が現われた。筑前宝満城督、高橋鑑種である。鑑種は、大友氏支族の一万田氏の出で、宗麟の部将として戦功を立て、その功で三笠郡一円と、太宰府寺社など軍事民政の統轄権を与えられ、宝満城督として着任。宝満山上の城を本城に、西方の四王寺山中腹にある岩屋城を支城にして支配にあたった。

永禄七年、大友、毛利両氏は、将軍家の介入によって講和するが、その後も元就は、豊、筑への画策を続け情報を集めていた。

そして、大友方の大物城主、高橋鑑種の説得に成功、彼を味方にして秋月種実や、筑紫広門、宗像氏貞らと連携して反大友陣営を結成させた。高橋、秋月らは、挙兵の機を狙ってすでに開戦準備に入っていた。

永禄十年六月、彼らは毛利の支援をうけて遂に挙兵した。一方、豊後の大友宗麟は領国筑前

休松山頂から古処山を望む

で反乱の火の手が上がると、激怒して直ちに戸次、臼杵、吉弘、斎藤、吉岡、志賀らの部将たちに討伐を命じ、二万の軍勢をもって現地に急行させた。

討伐軍の主将格戸次鑑連は、各将と軍議して宝満城攻略軍の一万余を太宰府周辺に留め、臼杵、吉弘両将らとともに、集結してくる各国の兵と合わせ、二万の軍勢で秋月に進攻した。

戸次鑑連は、秋月方の前衛拠点、休松（朝倉市柿原安見ヶ城）を攻略してここに陣を敷いた。また、臼杵、吉弘軍は秋月への入り口、道場山、観音岳にそれぞれ布陣して、秋月の主城、古処山城へ攻撃態勢をとった。

一方、秋月種実は、六千の軍勢で大友軍との決戦に備えた。『秋月家軍功日記』や、『九州軍記』によれば、秋月盆地の入口にあたる甘水、長谷山で、一日に七度の合戦をしたことが記されている。

同年九月三日の夜、秋月種実は全軍を率いて大友陣に夜襲を決行し、不意を突かれて狼狽する敵勢を討ちとった。敗れた吉弘、臼杵陣の兵らは、戸次の本陣休松へ雪崩《なだれ》こみ、収拾のつかぬ困乱状態となり、大友方は四百以上の戦死者を出した。

とりわけ、主将格、戸次鑑連の弟五人が一度に討死したことは、鑑連を痛恨させた。大友軍は、毛利の来援に備えて筑後へ後退し、戸次勢も山隈（福岡県太刀洗町）に陣を移す。

宗麟は戦後、鑑連の無事を喜び、書状を以て戦死した彼の弟たちに深い弔意を述べるとともに、「さてさて秋月振舞のこと、無念中々申すに及ばず候。宗麟鬱憤《うつぷん》の儀猶《なお》以て浅からず候」（『立花文書』）と記し、秋月種実への憤怒の思いを表わしている。

種実は、休松の戦勝で、亡父以来の恨みを晴らし、その後、実力をつけて筑前随一の戦国大名へと成長してゆく。

立花山

立花山《たちばなやま》

三峰[イ]突兀[ロ]立花山
北面茫洋[ハ]一碧[ニ]湾
戦国攻防荒塁[ホ]跡
往時兵馬想登攀

三峰《さんぽう》突兀《とっこつ》たり　立花山《たちばなやま》
北面《ほくめん》茫洋《ぼうよう》たり　一碧《いっぺき》の湾《わん》
戦国《せんごく》の攻防《こうぼう》　荒塁《こうるい》の跡《あと》
往時《おうじ》の兵馬《へいば》　登攀《とうはん》を想《おも》う

語意

イ、立花山（福岡県新宮町）は、主峰井楼岳《せいろう》（三六七メートル）、支峰松尾岳、白岳の三峰を総称しての山名。ロ、高く突きでているさま。ハ、広びろとしているさま。ニ、青一色の湾。ホ、荒れたとりで。

詩意

三峰が高く突き出ている立花山は、北方に広びろとした青一色の博多湾をのぞむ。戦国時代、山頂にあった立花山城をめぐって攻防戦が行われたが、荒れたとりでの跡が残っている。本城のあった山頂への路は八合目付近からとくに険しく、当時の兵馬がどのようにして登ったのかが想われる。

歴史考

立花山は、糟屋郡新宮町および同郡久山町と、福岡市東区の境にまたがり、山頂からは北に博多湾を通して玄界灘が広がり、眼下に志賀島、名島から福岡市中心部まで一望に見渡せる。この山は、古名を二神山といい、伊邪那岐命《いざなぎのみこと》、伊邪那美命《いざなみのみこと》の二神を祭ったことから、この名が起こったという。

最高峰は井楼岳《せいろう》（三六七メートル）といい、頂上の平地約三〇〇坪（九九〇平方メートル）に、立花城があった。この岳を主峰にして、東側の松尾岳（三四二メートル）、北側の白岳（三一四メートル）の三峰が南北に連立して立花山を形成している。

立花山の名の起こりは、延暦二十四年（八〇五）、伝教大師が唐から帰国して、霊地の草堂を二神山の麓に建てた時、唐から持参の錫杖《しやくじよう》を地に立てて置いていたら、そこから花が咲いたので、立花山と名づけたといわれる

この山が歴史の舞台に躍り出るのは、山頂に立花城（立花山城ともいう）が築かれてからだが、築城いらい三世紀にわたって筑前の軍事的拠点として、北部九州に大きな影響を与えた城であったからである。

立花城は、元徳二年（一三三〇）、豊後《ぶんご》の守護職、大友貞宗の二男貞載《さだとし》によって築かれたが、貞載は足利尊氏に従って京都で戦死する。立花城は、弟三河守《みかわのかみ》宗匡《むねただ》が継ぎ、立花氏をなのる。その七代の孫立花但馬守《たじまのかみ》鑑載《あきとし》の代にいたって、世は戦国真っただ中にあった。

立花氏は「西の大友」と称され、豊後の国主大友氏の一族として立花城の守備にあたった。

永禄十一年（一五六八）、鑑載は、主家大友宗麟への不満から毛利氏に通じて反旗をひるがえした。宗麟は直ちに、戸次《べっき》鑑連《あきつら》らの部将たちに命じて三万の軍勢で攻めさせた。

鑑載は、毛利元就の援軍を加えて一万余の兵で大友軍と戦ったが、遂に敗れ、城主立花鑑載は自害、毛利援軍も本国へ敗走した。

立花山中に残る石垣

立花城は、その後、大友の将兵が守備したが、翌同十二年五月、毛利四万の大軍に攻められて落城、毛利方の城となった。

宗麟は、戸次鑑連らの部将たちに三万余の軍勢を率いさせて、立花城の奪回を計るが、大小二十余の合戦も遂に決着せず、戦線は膠着状態におち入った。しかし、思いがけない宗麟の奇策が奏効して、毛利軍を退却させ城を奪還した。

翌、元亀元年（一五七〇）、立花城には、宗麟の命で戸次鑑連が城督（有力城主の軍事的呼称）として入城する。鑑連は、その後、立花氏を継ぎ、道雪の号と合わせて「立花道雪」となの。

天正九年（一五八一）、道雪は、岩屋城主高橋紹運の長男統虎《むねとら》を娘誾千代《ぎんちよ》の婿養子として、この城に迎える。統虎は、のちに立花宗茂となのる。道雪、紹運、宗茂の三人は、大友家に最後まで忠誠を尽くして働く。

道雪歿後、立花城は養子統虎（宗茂）が城主となった。天正十四年七月、薩摩の島津義久は、豊臣秀吉の和平勧告を蹴って、九州制覇を目ざして大軍を北上させ、秀吉傘下の太宰府、岩屋城を攻め落として、城主高橋紹運以下、城兵七六三名を玉砕させた。

島津軍は、さらに立花城攻略の態勢をとったが、秀吉の九州平定の先陣として毛利軍が九州に上陸してきたため、急遽、陣を払って撤退していった。

この時、統虎は兵を率いて勇敢に敵を追撃し、島津軍に打撃を与えたが、さらに島津方の高鳥居《たかとりい》城（福岡県篠栗町）を攻略し、その上、実父紹運が戦死した岩屋城を奪回するなど目ざましい働きをした。秀吉は、統虎を九州第一の人物と激賞し、島津を降して九州平定後、彼を大名に列し、筑後柳川に移封して、その功に報いた。

立花城は、秀吉の将小早川隆景が入城して筑前国の経営に当たるが、山城で不便なため名島に城を移した。

秀吉死後の慶長五年（一六〇〇）名島城主、小早川秀秋（隆景の養子）は、備前岡山へ移封され、黒田長政が豊前中津から、筑前国主として入国するが、その後、福岡に築城したので、立花城は廃城となった。

立花山は、立花城が築かれてから多くの合戦の舞台となった。そして立花道雪、宗茂養父子の名将を世に出し、大友氏の築城後、三世紀にわたって博多に関与し、筑前国の治乱興亡に深く関わってきた。

現在、立花山は福岡市周辺の人たちのウオーキングコースとして親しまれているが、山中に残る荒れた石垣が厳しかった当時を偲ばせ、頂上への険崖を兵や馬が、どのようにして登攀していったのか、思い起こさせる。なお、山の六合目以上には、樹齢三百年を越える老樟の自生の原生林があり、本邦の北限とされている。

立花道雪　立花道雪《たちばなどうせつ》

智謀剛勇亦兼仁[イ]
道[ロ]雪武名鳴四[ハ]隣
輿[ニ]上決睚兵叱咤
能支大廈[ホ]是斯人

智謀剛勇《ちぼうごうゆう》　亦《また》仁《じん》を兼《か》ぬ
道雪《どうせつ》の武名《ぶめい》　四隣《しりん》に鳴《な》る
輿上《よじょう》睚《まなじり》を決《けつ》して　兵《へい》を叱咤《しった》す
能《よ》く大廈《たいか》を支《ささ》えしは　是斯人《これこのひと》

語意

イ、仁愛の心。ロ、立花道雪。ハ、四方。ニ、肩に担ぎ上げて乗せる台状の乗りもの。ホ、大きな家、大友家をさす。

詩意

知恵とはかりごと、さらに強い勇気、そして仁愛の心を兼備する立花道雪の武名は、四方近隣に鳴りひびいている。

彼は戦場では、精兵たちに担がせた輿《こし》の台上から兵を叱咤しながら敵陣目がけて疾走させ、その勇猛ぶりは目ざましかった。斜陽の大友家を支えて活躍したのは、実にこの人であった。

歴史考

立花道雪は中世、豊後（大分県）を支配した大友氏の一族、戸次《べつき》氏（へつぎとも読む）の出で、本姓戸次鑑連《べつきあきつら》といい、戦国大友家を最後まで支えた柱石であった。

鑑連は、永正十年（一五一三）三月十七日、鎧岳《よろいがたけ》（大分県豊後大野市）城下の藤北館《ふじきたのやかた》で生まれた。父は、鎧岳城主、戸次常陸介親家《ひたちのすけちかいえ》、母は由布《ゆふ》家出身の正光院である。子に恵まれなかった夫婦は、八幡宮に祈願して授かった子なので「八幡丸」と名づけた。

八幡丸は、生まれた時から頭や眼が異常に大きくただならぬ容貌をしていたという。彼は幼時から物おじせず、気性が激しかったといわれるが、その後、孫次郎と称した。だが、母の正光院は、彼を生んだ翌年、病気でこの世を去った。

大永六年（一五二六）三月、孫次郎は十四歳で元服、主家大友義鑑《おおともよしあき》の一字をもらい鑑連となのった。彼は、この年、病身の父に代わって兵を率いて出陣し、敵城を攻め落として初陣の功を立て、早くも戦略の才を発揮した。

その後、間もなく父親家が死去し、鑑連は家を継ぎ戸次家の当主となった。のちに伯耆守《ほうきのかみ》、紀伊入道、丹後入道、麟白軒、道雪《どうせつ》などを称したが、戸次鑑連、戸次道雪の名で知られ、晩年には「立花」の姓をなのったので、「立花道雪」として知られている。

鑑連は、すでに少年時代から将器の資質を備え、勇気と胆力をもっていた。長じて大友義鑑、義鎮《よししげ》、義統《よしむね》の三代にわたって仕えたが、早くから戦場に出て、多くの手柄を立てた。

彼は資性廉直《しせいれんちょく》、私欲に恬淡で、手柄は惜しげもなく部下に与え、戦場では常に前線に立って指揮をとり、勇猛ぶりを発揮したので、その名は他領にまで知れ渡った。

鑑連は、主君義鎮が大友家二十一代の家督を継いで以来、義鎮を補佐して軍事、行政に力を尽くし、臼杵鑑速《うすきあきすみ》、吉弘鑑理《よしひろあきまさ》の二将とともに〝豊州三老〟と称され、大友家を代表する加判衆（国政に参与する家臣団の最高クラス）として主家を守り立て、忠誠ひとすじに尽くす。

永禄二年（一五五九）、大友義鎮は、九州六カ国の守護となり、さらに「九州探題職」に任ぜられ、その後、「宗麟」と号したが、名実ともに九州一の戦国大名となった。その陰には老臣たちの支えがあったが、その中でも戸次鑑連の活躍は常に目ざましかった。

永禄年間（一五五八―一五六九）、宗麟は、北九州支配を図る毛利元就と戦い、毛利に加担する秋月、高橋、原田、筑紫、宗像らの筑前諸氏の討伐を遂行。また、肥前で反抗する龍造寺隆信を討伐のため、佐賀へ出撃するなど、大友軍は西奔北走の戦いの連続だった。

この間、鑑連は他の二老とともに、大友軍の中核となって戦い、数多くの武功を立て、戦場を往来した。

鑑連は例え主人でも非があれば、これを糺《ただ》して諫言した。龍造寺隆信討伐の佐賀攻めでは、宗麟も豊後から出陣して高良山（久留米市）に本陣を置くが、彼は旅陣のつれづれを癒《いや》すため酒宴に興じていた。

鑑連はこれを聞くと、自ら本陣に赴いて宗麟に会い、「戦場で戦っている将兵のことを思い、お慎みください」と、強く諫言している。

「大友興廃記」には、彼は若いころ落雷にあって足が不自由になったと記されているが、戦場では、屈強な若者たちが担ぐ輿《こし》に乗り、左右に百余の勇士を従えて輿台の上から指揮をとり、疾風の如き勢いで敵前へ突進させた。

もし、従者たちが怯《ひる》んで、士気が奮わない時は、「この輿を敵陣に担ぎ入れよ、命惜《お》しいと思う者は、この輿を置いて逃げよ」と、大きな目をむいて叱咤した。この凄まじい気迫に兵たちは奮い立ち、輿を担いで死に物狂いに敵陣目がけて突っ走った。

永禄十二年五月十八日、毛利軍に占領されていた立花山城の奪回を計る大友軍は、敵勢強く旗色が悪かったが、鑑連の好判断と絶妙な指揮によって活路を見出し、毛利麾下の小早川陣を崩して戦況を挽回、敵を敗走させることができた。

宗麟は、鑑連の抜群の軍功を激賞したが、その時の感状が「立花家文書」に記されている。

同年十一月、毛利軍は本国の状勢が急変したため、元就の命で筑前から撤退した。立花山城は、再び大友方の城となった。

鑑連は、それまで高良山麓の城に在城していたが、彼はここで妻を迎える。妻室は、長岩城（現うきは市）主、問註所鑑豊《もんちゅうしょあきとよ》の娘仁志《にし》で、ともに再婚同士であった。ふたりの間に女子が誕生。のちに立花宗茂夫人となる立花誾千代《ぎんちよ》である。

元亀二年（一五七一）、誾千代三歳の時、鑑連は主君宗麟の命で、立花城督として筑後から立花山城に移ってきた。時に五十八歳。

立花山城は、博多を守る軍事的要塞であり、戦略上、重要な城であった。鑑連はその後、〝西の大友〟と称された立花家を継いで「立花道雪」となのる。道雪の号は、路傍に消え残る雪の姿を最後まで節義を貫く武士の節操にたとえて付けたものだった。

道雪は、商都博多を管轄して、領内の香椎、筥崎をはじめ、多くの社寺を保護し、土地改革や産業を奨励するなど軍事、民政両面に手腕を発揮した。

絆を大切にした道雪は、人使いの面でも優れていた。若い家士が、何か失敗をしでかすと、その失策をかばってやり、逆に彼の長所を褒《ほ》めてやる。また、それまで戦功に恵まれない者には、「焦《あせ》らずからだに気をつけて、いつまでも儂《わし》の力になってくれよ」と言って慰め、酒肴を振るまうなどして励ました。彼は、部下を公平に可愛がり、各自の能力を引き出して自信を持たせそれを戦力にしていった。家中の者は、みな彼を慕い、進んで役に立つことを願って働いた。

天正六年（一五七八）、それまで九州最大の勢力であった大友家は、南九州の覇者島津氏と日向（宮崎県）で戦い、大敗して多くの将兵が死に、貴重な人材を失った。敗戦後、豊後国内では反乱が起こり、宗麟の子義統は凡庸で難局に対処する器量なく、大友家中は紊乱《びんらん》した。

豊後の衰勢に乗じて、筑前では秋月、原田、筑紫らが、大友方の諸城を攻めはじめる。

道雪は、太宰府宝満城督の高橋紹運と協力し合って、これらの敵に当たり、主家を支えて奮闘する。

天正九年、道雪は今や筑前で主力となった立花、高橋両家の絆を一層固めるため、高橋紹運の長子統虎《むねとら》を娘誾千代の婿養子に迎えた。統虎は、勇気ある器量抜群の青年武将であった。のちの立花宗茂である。

天正十二年、立花、高橋両軍は、豊後勢を応援するため筑後に出陣、龍造寺軍と対戦したが、道雪は高齢と戦陣の疲労から陣中で発病し、翌十三年九月十一日、遂に七十三歳の波瀾の生涯を閉じた。

当時のキリスト教宣教師ルイス・フロイスは、道雪のことを「最も武勇ある優秀な大将」と記している。彼の死後、大友家は自立不能となり、宗麟は誇りを捨てて豊臣秀吉に援助を乞い配下となる。

道雪画像（柳川・福厳寺蔵）

立花道雪の遺骸は、立花山麓の梅岳寺（曹洞宗）の奥にひっそりと鎮まっている。法号は、梅嶽院殿《ばいがくいんでん》福厳道雪大居士《ふくごんどうせつだいこじ》である。

立飫肥城址

[イ]龍争虎鬪[ロ]幾星霜
[ハ]日薩[ニ]干戈[ホ]幽恨長
回首往時人若在
飫肥城跡映斜陽

飫肥《おび》城址《じょうし》に立《た》つ

龍争虎鬪《りゅうそうことう》　幾星霜《いくせいそう》
日薩干戈《にっさつかんか》　幽恨《ゆうこん》長《なが》し
首《こうべ》を回《めぐ》らせば　往時《おうじ》の人《ひと》在《あ》るが若《ごと》し
飫肥城跡《おびじょうせき》　斜陽《しゃよう》に映《えい》ず

語意

イ、強い者同士の戦い。ロ、長年の歳月。ハ、日向と薩摩。ニ、戦い。ホ、人知れぬうらみ。

詩意

飫肥城（宮崎県日南市）をめぐる日向の伊東氏と、薩摩の島津氏との強い者同士の戦いは、長年にわたり続いた。両者は多くの犠牲を払い彼らの幽恨は長くつづいている。城址に立って振りかえれば当時の人がいるような錯覚がする。飫肥城跡には今、夕日が照らしている。

飫肥城址（日南市飫肥）本丸への石段

歴史考

日向国主、伊《い》東《とう》義《よし》祐《すけ》（三位入道）の飫肥出兵は、天文十年（一五四一）頃から始まり、以後、二十八年間に八回戦い、永禄十一年（一五六八）一月、二万の大軍をもって飫肥城を攻め、遂に城主島津忠親を降して飫肥千町を手に入れた。義祐は三男祐兵《すけたけ》を飫肥城に入れて守らせ、都《と》於《の》郡《こうり》の本城には孫の祐賀《すけよし》を置き、自らは佐土原にあって権勢を振るい、支配領地は日向五郡におよんだ。

彼の属城は四十八城に及び、「伊東四八城」と称され、日向王国を築いて絶頂期にあった。一方、薩摩の島津氏は十五代貴久の代であったが、伊東への備えとして永禄七年、二男義弘を伊東領と接する国境の飯野城に配して守らせた。

元亀三年（一五七二）五月、伊東義祐は島津領への攻撃を命じ、日向の青年武士たちがこぞって出陣した。一方、国境を守る島津義弘は小勢だが計略をもって敵に当たり、飯野の南方、木崎原（えびの市）において伊東軍を撃破した。

その後、義祐の勢威は衰退し、天正五年（一五七七）三男祐兵が守る飫肥城は遂に島津の手中に帰した。

懐肝付夫人お南の方

肝付夫人《きもつきふじん》お南方《みなみのかた》を懐《おも》う

薩隅和議結婚姻
南女肝家嫁而親
和破不乖掄婦道
可傷貞節絶粮泯

薩隅《さつぐう》の和議《わぎ》　婚姻《こんいん》を結《むす》ぶ
南女肝家《みなみのかたかんけ》に　嫁《か》して親《した》しむ
和破《わやぶ》れて乖《そむ》かず　婦道《ふどう》を掄《つらぬ》く
傷《いた》む可《べ》し貞節《ていせつ》　粮《ろう》を絶《た》ちて泯《ほろ》ぶ

語意

イ、薩摩（島津）と、大隅（肝付）。ロ、島津忠良の長女お南と、肝付兼続との結婚。ハ、お南の方。ニ、肝付家。

詩意と歴史考

大永七年（一五二七）、薩摩の島津氏と、大隅の肝付《きもつき》氏は、それまで争ってきたが、和議が成立、島津忠良（日新）の長女お南（貴久の姉）と、大隅の強雄肝付兼続《かねつぐ》との政略的結婚が行われた。お南の方は、肝付家の嫁として家中と親しむ。

だが、永禄四年（一五六一）春、両者の和は破れて開戦となった。お南の方は実家の父（日新）から、帰国を勧められたが、肝付の家に留まり、夫兼続に殉じる決意を示す。

兼続に応じて反島津方の伊地知重興らが立ち上がり大隅の防備態勢を布く。同年五月、兼続らは、島津方の廻城《めぐり》（鹿児島県霧島市）を攻めて廻久元を降した。

この報を聞いた島津貴久は嫡子義久や弟忠将らを率いて現地に急行・奪回戦に移った。両軍の攻防は、一月余に及び、その間、島津忠将（貴久弟）の壮烈な戦死で島津軍を奮起させて遂に城を奪回し、肝付兼続らは本拠高山城へ撤退する。だが、兼続の島津への反抗はその後もつづく。

兼続は日向の伊東義祐に協力して、島津一族の飫肥城主、島津忠親を降し、伊東の飫肥城奪取を助け、同七年には忠親から奪った志布志城を隠居城とした。しかし兼続は、二年後の永禄九年十一月、五十六歳で志布志で歿した。

天正元年（一五七三）から翌年にかけて禰寝《ねじめ》、伊地知、安楽らの同盟者が、つぎつぎに島津に降り、もはや肝付氏自力での抗戦は不可能となり、兼続の子、肝付兼亮《かねすけ》は遂に降伏した。これにより長年にわたった島津、肝付両氏の争いは終わり、島津はさらに伊東義祐を日向から追放して、九州南部の三州支配を実現させた。

一方、お南の方は実家に反目する婚家との間に立って苦悩し、肝付家の存続に力を尽くすが、戦国の世の苛酷な運命に翻弄《ほんろう》されながら婚家を去らず夫への貞節を貫いた。

彼女は父日新斎を敬慕し、父の死後は、その木像を安置して祀り、日々の礼拝を欠かさなかったという。天正五年、島津義久は長年敵対した肝付氏の所領を没収、高山一村のみを与えたが、同八年に兼亮の後嗣兼道を阿多に移して肝付氏と高山との縁を断った。しかし肝付氏を断絶させなかったのは、島津家出身の伯母お南への配慮があったと思われる。

天正九年九月三日、お南の方は断食のあげくこの世を去った。享年七十であった。法号は月庭桂秋大姉。

お南の方の墓（鹿児島県肝付町・盛光寺跡）

題毛利卿立花城戦

毛利卿《もうりきょう》の立花城戦《たちばなじょうせん》に題《だい》す

イ智謀ロ軍略ハ抜堅城
ニ元就武威天下鳴
可惜ホ立花悲運戦
英雄ヘ蹉跌我懐ト卿

智謀《ちぼう》の軍略《ぐんりゃく》 堅城《けんじょう》を抜《ぬ》き
元就《もとなり》の武威《ぶい》 天下《てんか》に鳴《な》る
惜《お》しむ可《べ》し立花《たちばな》 悲運《ひうん》の戦《たたか》い
英雄《えいゆう》の蹉跌《さてつ》 我卿《われきょう》を懐《おも》う

語意

イ、知恵と、はかりごと。ロ、戦いのかけひき。ハ、守りの堅い城。ニ、毛利元就。ホ、筑前立花（山）城の攻防戦。ヘ、つまずく、失敗。ト、尊称。

詩意

智謀と戦《いくさ》のかけひきによって、守りの堅い城でも攻め落とす毛利元就の武力は、天下に鳴りひびいている。だが、惜しいことには、筑前立花城戦で大友軍と戦って悲運を味わされたことである。元就ほどの英雄も、つまずき失敗している。自分（著者）は、当時の元就卿の心中を懐《おも》っている。

歴史考

毛利元就は、安芸（広島県）の小領主から身をおこし、戦国の世を大小百余の戦いを経て、ついに一代にして中国（山陽・山陰）七カ国に強大な勢力を築いた武将だが、幼少の頃から日陰の場所で苦労したから、処世に対する考えが厳しく、乱世を生き抜くため、あらゆる智略を用いて敵を倒している。

毛利氏は、源頼朝、鎌倉幕府創設時の名ブレーン大江広元を先祖にもつが、広元の曾孫毛利時親が南北朝期に初めて安芸国《あきのくに》吉田荘（広島県高田郡）の地頭となって関東からこの地に移り、郡山《こおりやま》山城を築いて代々の本拠とした。

元就は、明応六年（一四九七）、毛利弘元の二男として生まれた。父弘元は、三十代の若さでわずか八歳の長男興元《おきもと》に家督を譲り、四歳の元就をつれて猿懸《さるかけ》の支城に隠居する。酒害のためといわれるが、元就にとってその後、不幸が続く。翌年五歳で生母と死別、十歳で父弘元も病歿して孤児となった。

毛利家を継いだ興元は、そのご幕府出仕のため郡山城を空けて四年間、京都で過ごすが、その間、弟元就の所領三百貫は家老に横奪され、その日の暮らしにも困った。元就の窮状を見かねた父の側室が、彼を養育してくれるようになり、彼女の努力で所領を取り戻すことができた。

この辛酸を味わった若き日の苦労が、元就を細心にして、ねばり強い人間に成長させる。

やがて彼の運命に変化が起こった。兄興元が病いのため京都から帰国して間もなく二十四歳の若さで死に、その嫡子もまた夭逝《ようせい》したので、思いがけない家督を継ぐチャンスがめぐってきた。

だが、元就の相続に反対する異母弟の元綱は、尼子《あまこ》家の後押《あとお》しで元就を謀殺しようとするが、元就は機先を制して彼を誅殺した。元就は、やっと脇柱から本柱へと躍り出た。次の句に彼の感慨がこめられている。


もり（毛利）の家わし（鷲）のは（羽）をつぐわきはしら（脇柱）

毛利家の当主となった元就は、尼子氏と手を切り、山口の大内氏と結び、尼子の属城を攻撃する。これに激怒した尼子晴久は、天文九年（一五四〇）、大軍を擁して安芸に攻め入り、吉田城下に迫ったが、元就は寡兵をもって見ごとにこれを撃退して、大いに武名をあげた。元就は、これよりのち近隣の豪族と婚姻を通じて勢力を拡大してゆく。

その例として山県郡新庄の吉川《きつかわ》家に二男元春を送りこみ、また、竹原の小早川家に三男隆景を入れて当主にしてしまった。この吉川、小早川の兄弟は「毛利の両川《りようせん》」と称され、左右の手となって毛利の家をもり立てていった。

当時、中国地方最大の戦国大名、大内義隆は、天文二十年、重臣陶晴賢《すえはるかた》（当時は隆房）のクーデターによって自滅。晴賢は、豊後の大友義鎮（宗麟）の弟晴英《はるひで》を大内家の後継として迎える。晴英は山口に入り、大内義長となのるが、晴賢は、これを操り実力をふるう。

一方、元就は主君大内義隆の死後、晴賢が迎えた大内義長を正当とは認めず偽主と見なして政権打倒を図る。弘治元年（一五五五）秋、雌雄を決する毛利、陶両軍は、安芸厳島《いつくしま》において激戦し、その結果、晴賢は討たれ、毛利軍が大勝した。

その二年後、元就は大内義長を長府（下関市）に追いつめて自害させ、防長の主権を握った。その後、彼は旧主義隆の遺領北九州進出を図り筑前博多支配を目ざす。だが、すでに豊後の大友宗麟（義鎮）の支配下にあり、元就の豊筑諸豪への猛烈な懐柔抱きこみの謀略が始まる。大友家への不満をもつ筑前の秋月、原田、筑紫らが、毛利と結んで大友に反旗をひるがえしたが、義鎮の将戸次鑑連《べつきあきつら》・臼杵鑑速《うすきあきすみ》らによって鎮圧されてしまう。

だが、毛利側の九州進出は、その後も止むことなく、永禄四－五年（一五六一－一五六二）の門司城をめぐる大友軍との争奪戦で、地理に有利な毛利軍が主導権を握り、大友軍を撤退させている。

義鎮は、敗戦の影響からか、三十三歳で出家、剃髪して「瑞峰宗麟《ずいほうそうりん》」と号した。史上に使われる宗麟の名は、この時からのものである。

一方、元就にとっても背後の敵、山陰、尼子氏との対立は、大友との両面作戦を強《し》いられることになり、永禄七年、止むなく幕府仲介の講和を受け入れ、大友、毛利両者の講和が成立。これによって元就は、尼子討伐へ全力を注げるようになった。同九年、彼は遂に山陰の雄、尼子義久を滅ぼし後方の憂《うれ》いをとり除いた。

元就は、後方からの心配がなくなると、再び九州出兵にとり組み、北九州（豊前・筑前）の諸城主たちを味方に引き入れ大友からの離反を画策する。

永禄十年夏、宝満山城主高橋鑑種、古処山城主秋月種実、怡土城主原田親種、勝尾城主、筑紫広門、蔦ヶ岳城主宗像氏貞らが、つぎつぎに挙兵。翌十一年春、立花城主立花鑑載《あきとし》も、毛利と同盟して宗麟に抗戦を示す。

宗麟は、内乱鎮圧のため戸次鑑連らの諸将に命じて、大軍を差し向けて討伐にあたらせた。大友軍の猛攻を受けて懸命の防戦もかいなく立花城は落城し、城主立花鑑載は自害。立花城には、大友の将兵が入城して守備した。続いて古処山城の秋月種実も降伏する。

その頃、佐賀城主、龍造寺隆信も毛利に通じて大友への反抗を強めた。宗麟は隆信討伐に自ら出陣して高良山（久留米市）に本陣を置き、佐賀城攻めの大友軍を督励した。

一方、元就は、大友軍佐賀出兵の隙を突いて豊、筑への進撃を命じ、「毛利両川を中核に四万余の中国勢は、小倉に着陣。その後、博多進出を目ざし、その前衛拠点、立花城攻略に向かう。元就は、七十三歳の高齢だったが、「豊・筑を手に入れ候はずば、人数を引くまじく候」（『大友記』）と、豊・筑制覇への執念を燃やした。

毛利軍が城下に迫ったという立花城からの急報を受けた宗麟は肥前在陣の諸将をして龍造寺

隆信との和平を急がせた。隆信もこれに応じたので、宗麟は兵を佐賀周辺から撤退させ、戸次・吉弘・臼杵らの諸軍を立花城救援に向かわせた。その後、宗麟は、いったん高良山を引揚げ、豊後へ帰国している。

立花（山）城は、博多を守る要塞として軍事的にも重要な城であった。そのため、博多支配を目ざす諸豪らの争奪の的となった。だから宗麟にとって立花城を失うことは、博多を失うことになる。「毛利両川」を中核として中国勢は、立花攻略に総力をもってのぞんだ。立花城は完全に包囲され、五月三日、守城の大友将兵は、ついに開城して投降した。

立花山全景

一方、立花城救援のため肥前から転進してきた大友主力をはじめ、各国から集まった諸軍は、多々良川を挟んで対峙するが、その間、両軍は五月から十月まで約半年間、大小十数回の合戦をしたが、互いに決定的勝利を得られず膠着《こうちゃく》状態となって推移した。

ところが思わぬ宗麟の戦略がこの状況を急展開させる。その作戦とは、老臣吉岡宗歓の進言といわるもので、毛利本国への逆攻勢であった。当時、大友家に亡命していた大内輝弘（義隆のいとこ）を利用して、大内家再興を名目に山口に進攻させ、筑前出兵中の敵の留守を突くという絶妙奇想の戦略であった。輝弘は結局、宗麟の「捨て石」にされたわけだが、再興を夢みて宗麟からの援兵千余を率いて十月十二日、海路、吉敷郡合浦《あいお》（山口市秋穂）に上陸、山口めざして進んだ。途中、大内の旧臣らが加わり、数千の数になった。また、出雲の尼子勝久や、その将山中鹿之助らが毛利を攻めようとしたので、事態は急変した。

長府の本陣にあった元就は、この危機を、立花在陣の吉川・小早川の二子に急使をもって知らせ、速やかに帰国することを説いた。だが、彼らは撤退に反対して立花城下から動こうとしなかった。元就は、遂に在陣の諸将に筑前からの撤退を厳しく命じた。毛利両川は、老父の心中を汲んで兵を率いて立花城下から去っていった。

一方、山口に乱入した大内輝弘の軍勢は、帰国してきた毛利軍によってたちまち制圧され、輝弘は自害して果てた。

毛利軍撤退で孤立した宝満山の高橋鑑種は大友に降伏、秋月はじめ毛利に加担した筑前の城主たちも全て宗麟に降り、擾乱《じょうらん》は治まった。立花城には元亀二年（一五七一）、戦功のあった戸次鑑連が城督として着任する。

元就は、一時、立花城を占領し、博多支配をほぼ手中にしたのも同然だったが、思わぬ宗麟の計略でつまずき、執念をかけた豊、筑制覇の夢は破れた。彼の心中に去来したのは何であったろうか。元就は、立花撤退から二年後の元亀二年六月四日、病いのため吉田において七十五歳の生涯を終えた。元就死後、孫輝元（十九歳）が、毛利家を継いだ。

慶誾尼

慶誾尼《けいぎんに》

[イ]肥州女傑[ロ]慶誾尼
戦国支[ハ]城常励児
深慮自図[ニ]降嫁絆
[ホ]老君銘感遺褒詞

肥州《ひしゅう》の女傑《じょけつ》　慶誾尼《けいぎんに》
戦国城《せんごくしろ》を支《ささ》えて　常《つね》に児《じ》を励《はげま》す
深慮《しんりょ》して自《みずか》ら図《はか》る　降嫁《こうか》の絆《きずな》
老君銘感《ろうくんめいかん》して　褒詞《ほうし》を遺《おく》る

語意

イ、肥前国（現在の佐賀・長崎両県）。ロ、佐賀の戦国大名、龍造寺隆信の母。ハ、佐賀（古名は佐嘉）城をさす。ニ、家臣筋の鍋島家に自ら押しかけ女房となって降嫁し、龍、鍋両家の絆を固めた。ホ、徳川家康をさす。

詩意

肥前の女傑として名高い慶誾尼は、戦国の世、城（佐賀城）を支えるため、跡とりの隆信を龍造寺家の統領として応わしい武将に成長させるため常に彼を励まし戒め、家中を鼓舞した。

そして家中の有力家臣、鍋島家との絆を固めるため自らの考えで、鍋島清房のもとに押しかけ、清房を説得して遂に降嫁を実現させた。のちに徳川家康は、慶誾の英知と勇気あるこの行動を側近の者に話して称讃したという。

歴史考

天文十四年（一五四五）一月、肥前佐賀を本拠とする龍造寺家兼（剛忠）一族の主だった六人の武将たちが、主筋の少弐氏によって謀殺された。この中には家兼の孫周家（慶誾の夫）も入っていた。

龍造寺家の総帥家兼は、この時九十二歳の高齢で、一族の主力、子や孫をいちどに失い悲嘆にくれる。討死した周家《かねいえ》の妻慶誾は、このとき三十七歳であった。

龍造寺家は、滅亡の渕に立たされるが、さいわい慶誾には長男の長法師（当時十七歳）がいた。彼は当時、出家の身で領内の寺で円月と称し、修業していたが、剛毅果断で胆力ある青年であった。

翌天文十五年、家兼は曾孫の円月に龍造寺家を継がせることを遺命して死んだ。円月は一門の頭領であった曾祖父の遺命と、老臣たちの決議で還俗して胤信《たねのぶ》となのり、龍造寺の本家、分家を統合して新しい当主となった。

この家督相続の陰には、母慶誾の強いあと押しがあった。胤信は、父周家はじめ多くの一族を殺した少弐氏への恨みを忘れず当時、九州に勢力を伸ばす中国の雄、大内義隆に通じて、その一字をもらって隆信と改めた。これが後に戦国大名として九州を二分する大勢力に成長する龍造寺隆信の誕生であった。だが、隆信は大内氏の強力な後楯《うしろだて》を得たと喜んだのも束《つか》の間で、天文二十年九月、大内義隆が家臣陶晴賢《すえはるかた》に攻められて死ぬと、この間隙を縫って豊後の大友義鎮（宗麟）が勢力を強めて肥前国内にもその触手がのびてくる。

慶誾は夫周家の死後、髪をおろして尼となり、家中から「尼御前」と呼ばれるようになる。彼女は佐賀城を守り通すため、わが子隆信を引き立て励まし、時には戒め、夫亡きあとの家中を鼓舞して勇気づけた。だが、隆信の前には大内と対抗していた少弐や、大友方の敵がひかえていて家中の団結が必要であった。

弘治二年（一五五六）慶誾四十八歳の時、龍造寺家の老臣鍋島清房（四十四歳）は、妻を亡くして実直な生活を送っていた。清房の子信昌（のち直茂）は隆信より九歳年少だったが、智勇備わり、仁愛の心をもち信望があった。

一方、隆信には勇猛果断な反面、冷血非情さがあり、仁愛に欠けていた。慶誾は家の将来を心配して、隆信の欠点を補い、彼を補佐する人物としてこの鍋島信昌を見こんだ。そこで彼女は一大決意をする。つまり寡夫《やもめ》の家臣鍋島清房の許へ自ら再嫁して龍、鍋両家の紐をしっかり結び、隆信、信昌を事実上の義兄弟として龍造寺家の安泰を図った。

当時、「大方様《おおかたさま》」と呼ばれる主君の母が、身分の垣根を越えて家臣の妻になるなど前例のない

慶誾の墓（佐賀・高伝寺）

ことで、佐賀では大いに話題になったというが、慶誾は意に介せず自分の信念を貫いて破天荒な計画を実現させた。

義理でも慶誾の子となった鍋島信昌は、のちに直茂と改名するが、彼女の見込んだとおり、義兄隆信を補佐し、誠心誠意、彼に尽くし、周囲の敵を降しながら肥前統一を果たし、後に龍造寺家を島津氏と共に九州二分の大勢力へと発展させる。

だが、天正十二年（一五八四）隆信は島津氏と戦って敗死する。隆信死後の家中動揺の時、直茂は義母慶誾の後押しで執政として家中立直しの任にあたる。これが佐賀の実力者のイメージを与え、秀吉、家康へと結びついてゆく。

やがて江戸幕藩体制に移ると、直茂は旧主龍造寺氏に代わり徳川家の信頼を得て佐賀藩を起こし、子勝茂が初代藩主となり、以後、十一代、直大《なおひろ》まで約二百六十年間、明治維新まで続いた。近世、佐賀藩成立の陰には、慶誾という一女性の思慮が大きく影響している。のちに徳川家康は、彼女の英知と勇気ある行動を賞讃し、側近に語って聞かせたという。

慶誾は、慶長五年（一六〇〇）三月、関ヶ原合戦の三カ月前に九十二歳で世を去った。

墓は佐賀市本庄町の高伝寺（曹洞宗）にある。

立蔦岳城址

毛宗[イ]相約討豊[ロ]盟
英傑氏貞[ハ]邀大鯨[ニ]
悲運敗軍留万恨[ホ]
蔦城[ヘ]荒址[ト]野禽[チ]鳴

蔦岳《つたがだけ》城《じょう》址《し》に立《た》つ

毛宗相約《もうそうあいやく》す　討豊《とうほう》の盟《ちか》い
英傑氏貞《えいけつうじさだ》　大鯨《たいげい》を邀《むか》う
悲運《ひうん》の敗軍《はいぐん》　万恨《ばんこん》を留《とど》む
蔦城《ちょうじょう》の荒址《こうし》　野禽《やきん》鳴《な》く

語意

イ、毛利と宗像をさす。ロ、豊後（大友）を討つ。ハ、宗像氏貞。ニ、巨大な勢力、大友氏。ホ、多くの恨み。へ、蔦ヶ岳城。福岡県宗像市赤間陵厳寺にあり、蔦岳城、岳の山城ともいう。標高三六九メートルの山上にあった戦国時代の山城。永禄五年（一五六二）、宗像氏貞が築城したが、その後、毛利氏と結んで反大友の旗を挙げた。秀吉九州平定後、廃城となる。ト、荒れた跡。チ、野鳥。

詩意

戦国時代の永禄年間、安芸の毛利と豊後の大友の両雄が争った時、宗像氏貞は、毛利元就と結んで、大友打倒の盟約をして蔦ヶ岳城で兵を挙げ、九州一の勢力を誇る大友宗麟の軍を邀《むか》えて戦うが、敗戦して悲運の万恨を留めた。蔦ヶ岳城の荒れた城跡には、野鳥の鳴き声がしている。

歴史考

蔦ヶ岳城址（宗像市赤間）

永禄十二年（一五六九）十月、毛利軍が筑前から撤退後、筑前の要塞立花山城は、再び大友方の城となった。それまで、毛利側に付いていた国人領主たちは、今や九州最大の勢力となった豊後の大友宗麟につぎつぎに降伏、忠誠を誓い、和議を結んだ。

一方、毛利と反大友の盟約を交わして行動していた宗像氏貞は、蔦ヶ岳の本城に拠って大友方の立花勢と戦ったが、戦運利なく、遂に和を乞うて降った。

この時、大友側からの和議の条件として、

一、氏貞は毛利と手を切り、大友に従うとの誓紙を差し出すこと。

二、蔦ヶ岳城を明け渡すこと。
三、近年知行地の半分を預けること。
の三カ条であった。

氏貞は協議のすえ、若宮（現宮若市）と、西郷（福津市）の両地を大友側（立花氏）に割譲して和議が成立した（『宗像記追考』）。

しかし、これが後に起こる小金原合戦の要因となる。翌元亀元年、氏貞は大友宗麟の宿老、臼杵《うすき》鑑速《あきすみ》の娘を室に迎え、さらに妹の色姫を立花城督の戸次鑑連（立花道雪）の側室として入輿させ、両家の和を図った。

その後、宗像氏貞は、立花道雪と和平を続けたが、天正六年（一五七八）以後、大友家が衰退すると、秋月、龍造寺らと交誼しながら、宗像のほか遠賀、鞍手両郡の一部を支配し、本拠蔦ヶ岳城を守りとおした。

彼は、領主であるとともに、この地方の信仰の中心宗像神社（現大社）の第八十代大宮司職として祭事を統轄し、軍事、民政に手腕を発揮した。

氏貞は、まさに戦国宗像家の掉尾《とうび》を飾る英傑であった。天正十四年三月四日、彼は病疾のため蔦ヶ岳城において死去した。四十二歳であった。

翌天正十五年、豊臣秀吉の九州平定に際し、宗像家は嗣子なきため、自立を認められず、蔦ヶ岳城は廃城となった。

臼杵懐古

臼杵懐古《うすきかいこ》

[イ]南蛮美酒玉光杯
[ロ]聖教洋風臼[ハ]府回
誰解府[ニ]蘭王国夢
[ホ]丹生島跡感悲哀

南蛮《なんばん》の美酒《びしゅ》　玉光《ぎょくこう》の杯《さかづき》
聖教《せいきょう》の洋風《ようふう》　臼府《きゅうふ》を回《めぐ》る
誰《たれ》か解《かい》せん府蘭《ふらん》　王国《おうこく》の夢《ゆめ》
丹生島《にうじま》の跡《あと》　悲哀《ひあい》を感《かん》ず

語意

イ、戦国期以降、ルソンなど東南アジア方面を指す呼称。またそこに植民地をもつポルトガル、スペインなどを指す。ロ、キリスト教。ハ、臼杵の街。ニ、キリシタン大名、大友宗麟の受洗名フランシスコの邦字自署の宛字。ホ、宗麟が築いた臼杵の旧城地。

詩意

豊後（大分県）に渡来したキリスト教宣教師たちが持ってきた洋酒や、玉のように輝く杯など、キリスト教による洋風の文化が、彼ら宣教師を招いた宗麟の居住する臼杵の街をめぐる。

フランシスコ宗麟は、のちにキリスト教による王国建設の構想を抱いていたというが、誰かこれを解することができたであろうか、彼が本拠とした丹生島城（臼杵城）の跡に立つと、当時が偲ばれ、悲哀を感じる。

歴史考

永禄五年（一五六二）、豊後の戦国大名、大友義鎮は、それまで居た府内（大分市）から臼杵（大分県臼杵市）の丹生島新城に移り、「宗麟」と号した。

宗麟の臼杵移城については諸説あるが、府内には堅固な城がなく、古くから別府湾頭に聳える高崎山城を詰《つめ》の城としていた。

だが、この山城は険崖で、補給や長期の籠城などに不適であった。そこで宗麟は、府内の南東に位置して港湾をもつ臼杵の地に着目、丹生島《にゅうじま》に城を築く。

湾内の丹生島は、周りを断崖で囲まれ、防御面でもすぐれて、軍事拠点となり得る地利的条件を備えていた。

丹生島築城後、臼杵は府内に代わる国主宗麟の本拠地となり、豊後の政治、軍事の拠点となった。また、キリスト教の布教発展にも深く関わり、宗教、文化、経済の中心として繁栄した。

宗麟は、臼杵移住三年後の永禄八年、宣教師ルイス・アルメイダの請願を受けて、城に近い

臼杵城趾（大分県臼杵市）

場所に教会堂建設を許可し、その翌年の冬には「会堂とコンパニヤ駐在所」が建てられ、宗麟も資材を提供するなどして援助している。

その後、臼杵の市《まち》は、宗麟施政の下《もと》にキリスト教の保護と、宣教師らの活躍で豊後国内に広まり、異国情緒が豊かな宗教都市へと変貌してゆく。

天正六年（一五七八）、宗麟は、長年つれ添った夫人（奈多氏）を離縁して、新夫人らと一緒に、この地で洗礼を受け、ドン・フランシスコの教名となる。当時、臼杵には二人のパードレ（修練士）と、六人のイルマン（宣教師）が常駐して、布教活動をさかんに行い、信徒の数もしだいに増え、臼杵の重要性が増してゆく。

大友氏は、天正初期ごろまでは九州最大の戦国大名であったが、天正六年冬、日向（宮崎県）に出兵し、島津軍と戦って惨敗。その後、衰退してゆく。

フランシスコ・宗麟が抱いていた日向でのキリスト教による王国建設計画は、幻想に終わった。

彼は、この敗戦にもめげずにキリスト教への信仰を深化させ、同八年には、臼杵にノビシャド（修練院）を建設したり、府内にコレジョ（学校）を開校するなどして、キリスト教の発展に尽くした。

臼杵の街は、日本各地から修道を志す人が集まり、異国情緒がただよう日本有数のキリシタンの都市となった。

しかし、その反面、宗麟の信仰への傾斜が深くなるにつれて、家中統制の乱れが加速し、戦勝国の島津氏に寝返る城主たちが出てきて、大友家はがたがたに崩れ、末期的状況にあった。

天正十四年（一五八六）秋、島津軍は豊後制圧を目ざして日向・肥後方面から攻め入り、遂に府内を占領した。

府内を守っていた宗麟の子、義統は逃れて部下たちと高崎山に籠るが、さらに安心院《あじむ》の龍王城へと避難した。

この時、丹生島城にいた宗麟は、侵入してきた三千余の島津の別動軍に対し、城兵を指揮して戦い、南蛮砲を発射させて敵を恐怖させ、眠っていた戦国武将の血を甦《よみがえ》らせた。

宣教師たちも城に籠って、フランシスコ宗麟に協力して働き、怨敵退散のミサを捧げた。

島津軍は、三日間の戦闘で城を落とすことができず、あきらめて府内の本隊に合流するため、急遽撤退していった。これによって臼杵の街は救われた。

大友宗麟　大友宗麟《おおともそうりん》

曾覇西州兵勢昌
耶蘇入信志翔洋
開明蹉跌裂家国
悲惨出師何可償

曾《かつ》て西州に覇して兵勢昌《へいせいさかん》なり
耶蘇《やそ》に入信《にゅうしん》して　志《こころざし》洋《よう》を翔《かけ》る
開明《かいめい》の蹉跌《さてつ》　家国《かこく》を裂《さ》く
悲惨なり出師《すいし》　何《なん》ぞ償《つぐな》う可《べ》けんや

語意

イ、西国（九州）ロ、キリスト教。ハ、人知や文化が進むこと。ニ、大友家、豊後国。ホ、日向に出軍して敗戦。

詩意

かつて（戦国期、宗麟の時代）西国の覇者として強い武力で九州に君臨した大友宗麟は、豊後に入ってきたキリスト教宣教師らの布教に理解を示し、これを保護、奨励するが、天正六年（一五七八）、遂に自ら受洗。ドン・フランシスコの教名を受け、キリシタンとなった。

豊後の戦国大名、大友宗麟の名は、遠くローマにも知られていた。彼の志はキリスト教を通じて海外に向け海洋を羽ばたいていたであろう。

だが、フランシスコ宗麟の開明的理想は家中を紊乱《びんらん》させ、豊後国内や大友家を引き裂き、危機を招くことになる。それを打開しようとして天正六年秋、日向に出軍、この地にキリスト教による理想郷建設を企図するが、大友の南進を阻む薩摩の島津義久の軍と戦い、世にいう「耳川の合戦」で、大敗し、多くの将兵を失い遺族や国中を悲嘆させる。無謀な戦を起こした彼は、どのようにしてこの償いをしただろうか。

歴史考

大友氏は、豊後の守護大名から戦国大名へと脱皮しながら成長し、二十一代、義鎮《よししげ》の代で豊後、肥後、筑前、筑後、肥前、豊前の九州六カ国を支配する九州最大の戦国大名へと発展する。

義鎮は享禄三年（一五三〇）父義鑑《よしあき》（二十代）の長男として府内（大分市）の館《やかた》で出生。幼名塩法師丸といい、成長するに従って五郎、新太郎、義鎮、宗麟、宗滴、休庵、三非斎、円斎や、キリスト教受洗名フランシスコなど多くの名があるが、広く知られているのが「宗麟」であり、受洗後はフランシスコの名が用いられている。

天文十九年（一五五〇）、大友家の家督相続をめぐって長男義鎮と、側室腹の三男塩市丸との間に重臣らが加担して凄惨な争いが起こり、父義鑑は義鎮派重臣らの逆害にあって横死する。

いわゆる「二階崩れの変」である。この大事件で国中が動揺したが、義鎮は機敏にこの混乱を鎮圧して大友宗家二十一代の家督を継ぐ。

翌二十年、周防の陶隆房《すえたかふさ》（晴賢）のクーデターによる主君大内義隆の滅亡で、義鎮弟晴英の大内家の家督就任を機に、旧大内領の豊前・筑前を支配圏に入れた。弘治三年（一五五七）、毛利元就と結ぶ反大友勢力、筑前の秋月文種らを討伐して武威を示した。

永禄二年（一五五九）、義鎮は足利幕府から正式に肥前・豊前・筑前三カ国の守護職に任じられ、さらに九州探題職という最高の官職を与えられた。大友家の財力を当てにする幕府の処遇であった。

一方、大内義隆の遺臣毛利元就は、偽主と見なす大内晴英（義鎮弟）や、それを操る陶晴賢を攻めて自害させ、永禄四年以来、旧大内領の継承回復を主張し、豊前門司城を拠点に大友勢力と激しく戦い、大友側は毛利の猛攻に耐えかねて一時撤退を余儀なくされる。

翌五年、義鎮は「宗麟」と号したが、この頃、臼杵に丹生島城を築いて居城として政務をとる。同七年、宗麟は毛利氏と和睦して旧領を回復。その後、肥前へ勢力を伸ばす。しかし毛利との和は破れ、永禄十年から十二年にかけて毛利側に通じた筑前の高橋鑑種、秋月種実、立花鑑載、宗像氏貞、肥前の龍造寺隆信、筑紫広門らの反乱討伐にあたる。

その頃、大友軍は筑前に来援した毛利軍と博多をめぐって攻防戦を繰り広げるが、宗麟の策略が効を奏し、毛利軍は筑前から撤退する。その後、宗麟は九州六カ国を支配する戦国大大名となって全盛期を迎える。

天正元年（一五七三）、宗麟は嫡子義統《よしむね》に家督を譲り臼杵に在城して後見し、政務に関わったので、府内と臼杵の二頭政治が行われた。同六年、彼は受洗してキリシタン名ドン・フランシスコとなるが、当時、島津氏に追われて豊後に亡命中の日向の伊東義祐《よしすけ》・祐兵《すけたけ》父子の失地回復のため島津征討を決意、また、この地にキリスト教による王国建設の構想を抱いて日向へ出陣する。

宗麟は出陣前に、三十年近く連れ添った妻と離婚してキリシタンの新夫人と再婚した。別れた妻は奈多八幡宮（杵築市）の宮司家の出であったから、異教に傾斜する宗麟と確執を生じ、家庭不和の状態が続いていた。そんな環境を断ち切って彼は、宣教師らをつれて日向への征途についた。だが、無謀で無統制な大友軍は、宮崎平野の関門を扼す高城攻略に失敗、待ち構える島津の術中に嵌《はま》り、戦死傷者、数千という無惨な大敗を喫し、以後、急速に衰退する。

一方、フランシスコ宗麟は、こんな状況になっても、キリスト教への信仰を深化してゆく。天正九年、彼は教名フランシスコを和名の「府蘭」に改め、丹生島城内にノヴィシャド（修練院）を建て、約二十人の修道士が居住した。翌十年、遣欧少年使節団が、ローマに派遣されたが、大友・大村・有馬のキリシタン大名の血縁の少年たちが選ばれていった。

一方、日向敗戦後、支配力を失った大友領国に島津氏の北上、龍造寺氏の西進があり、同十二年、島津は島原半島で龍造寺隆信を討って破竹の勢いとなり、九州制覇を目ざして軍備を増強、豊後を圧迫する。

天正十四年春、宗麟は上坂して豊臣秀吉に援助を請い、その幕下に入った。同年、島津の軍勢は筑前へ侵攻、別軍は日向・肥後口から侵入、府内を占領したので、義統は豊前へ逃れた。この時、宗麟は臼杵で「国崩し」の大砲を発射して、島津勢を動揺させ遂に撤退させ丹生島城を守り通した。

翌十五年、秀吉の島津征討軍によって敗戦した島津義久が降伏。秀吉は九州平定後に、豊後一国を大友義統に安堵した。

宗麟は臼杵から津久見に移り、この地をキリシタンの理想郷にしようとしたが、同年五月病死した。墓は仏墓とキリシタン墓の二基が津久見市内にある。

大友宗麟のキリシタン墓（上）と仏式の墓（津久見市）

平戸懐古

平戸《ひらど》懐古《かいこ》

平戸[イ]潮流波色生
日葡[ロ]交易運蒼瀛[ハ]
追懐戦国艨艟[ニ]跡
松浦[ホ]勇魂今尚明

平戸《ひらど》の潮流《ちょうりゅう》　波色《はしょく》を生《しょう》ず
日葡《にっぽ》の交易《こうえき》　蒼瀛《そうえい》を運《めぐ》る
追懐《ついかい》すれば戦国《せんごく》　艨艟《もうどう》の跡《あと》
松浦《まつら》の勇魂《ゆうこん》　今尚明《いまなおあきら》かなり

語意

イ、長崎県北西の平戸市と、平戸口の間を流れる平戸瀬戸の潮流。ロ、日本と葡萄牙（ポルトガル）。ハ、あお海原《うなばら》。ニ、軍船。ホ、中世、松浦党で知られる海戦に強い武士団。

詩意

平戸瀬戸から玄界灘に入る勇壮な潮流は、さまざまな波の色を生じて流れている。戦国時代、平戸の松浦氏はポルトガル船が運んできた銃、時計、葡萄酒など珍貴な舶来品に驚喜する。松浦氏とポルトガルとの交易は、青海原をめぐったことだろう。過ぎ去った戦国の頃を思えば、この瀬戸に浮かんでいた軍船の跡が偲ばれる。松浦水軍の勇魂は今なお明らかである。

歴史考

平戸の領主で戦国大名、松浦隆信（道可）は、肥前西北部の松浦郡を中心に勢力を築く。彼はそれまでに海賊の首領王直を平戸に居住させて密貿易の利を得ていたが、天文十八年（一五四九）、イエズス会の宣教師フランシスコ・ザビエルが鹿児島を経て初めて平戸にきてキリスト教を伝えた。翌十九年にもザビエルは、ポルトガル船とともに平戸に上陸。隆信の許可を得て一カ月ほど滞在して布教したので多くの信者を得た。

平戸城趾

隆信はポルトガル船が運んできた銃・時計・葡萄酒などの珍貴な舶来に驚喜して、好意を示し貿易を求めた。だが隆信の求めた貿易は、同時に来航してきた宣教師たちの布教を認めなければならない条件付きのものだった。

それでも隆信は貿易欲しさにキリスト教の布教を

認めたので、平戸の町はキリシタンが増えはじめた。一方、家中には古くからの仏教徒が多く、キリスト教徒との激しい対立を生じた。隆信は宗教と貿易の板ばさみになって、遂に宣教師らの布教活動を制限したので、宣教師たちとの間にトラブルが起こるようになった。しかし貿易船は毎年、平戸に来航した。

永禄四年（一五六一）八月、多数のポルトガル人が、平戸の町人たちによって殺傷される事件が起こったが、この処理にあたって領主隆信は、誠意ある態度を示さず事件はうやむやに終わってしまった。これに憤慨したポルトガル人や宣教師らとの断絶は決定的になり、事件後、宣教師らは貿易船の船長と謀り、平戸に代わる港として横瀬浦（西海市）を選び、領主大村純忠の開港許可を得て貿易港とすることになり、平戸は約十年にして衰退していった。

松浦とは、肥前松浦地方（佐賀、長崎県の北部の古称）を指し同地方に根付いた松浦氏は松浦郡を中心に一族割拠し、中世には同族的結合が強いことで知られる「松浦党」をつくり、船団を組んで海上戦で活躍。「松浦水軍」の名は、後世にまで伝わっている。

訪木崎原古戦場

木崎原《きざきばる》古戦場《こせんじょう》を訪《と》う

木崎原[イ]頭兵馬奔
三州[ロ]覇業賭乾坤[ハ]
奇哉[ニ]駿馬[ホ]防鎗刃
勇将[ヘ]功名跡尚存

木崎原頭《きざきげんとう》　兵馬《へいば》奔《はし》る
三州《さんしゅう》の覇業《はぎょう》　乾坤《けんこん》を賭《と》す
奇《き》なるかな駿馬《しゅんめ》　鎗刃《そうじん》を防《ふせ》ぐ
勇将《ゆうしょう》の功名《こうみょう》　跡尚存《あとなおそん》す

語意

イ、宮崎県えびの市木崎原の古戦場、元亀三年（一五七二）、島津、伊東両軍の激戦地。ロ、九州南部の薩摩、大隅、日向をさす。ハ、天地、運命を決す大勝負。ニ、不思議なこと。ホ、すぐれて立派な馬。ヘ、島津義弘をさす。

詩意

薩摩の島津氏と、日向の伊東氏は、戦国時代、領地をめぐり争うが、中でも九州の桶狭間《おけはざま》といわれる木崎原の激戦は知られている。

薩摩領に進出しようとする伊東氏は島津への攻勢を強め、島津氏は逆に日向への拠点確保のため伊東領へと、両者は、互いに三州制覇を目ざして木崎原で運命を決する大勝負を演じた。この激闘の中で、馬上で戦っていた島津の大将、島津義弘目がけて敵将が槍を突き入れた。その途端、義弘の乗っていた馬が急に前足を折り曲げて屈《かが》んだので、槍先は義弘をはずれて冑《かぶと》の上を流れていった。危難を脱した義弘は将兵を指揮して一丸となって勇戦、遂に伊東の大軍を打ち破った。島津義弘の功名は、木崎原合戦とともに今なお、その跡を残している。

歴史考

永禄七年（一五六四）、島津貴久《たかひさ》（島津家十五代）は、二男義弘を伊東領と国境を接する真幸《まさき》地帯の飯野城（えびの市飯野）に配して守らせた。当時、島津氏は東の飫肥《おび》城（日南市）を伊東氏に奪われていたため、日向進出の足がかりにするには、霧島山麓北方の真幸《まさき》地域しかなかった。飯野・小林一帯を「真幸院」と称した。もともと真先七五〇町は、肝付《きもつき》氏の一族北原兼親《かねちか》の領地であったが、島津氏に従属したため義弘が国境守備と支配を兼て配置された。

一方、宮崎平野に君臨する伊東義祐《よしすけ》（三位入道と称す）は、孫祐賢《すけよし》を都於郡《とのこおり》城（宮崎県西都市）に置き、二男祐兵《すけたけ》に飫肥城を守らせ、日向国内に「伊東四十八城」といわれる多くの出城を配して自らは佐土原《さどはら》城（宮崎市佐土原町）を居城として勢威を振るっていた。

この義祐にとって国境線上の島津の出城、飯野城は伊東の拠点三山《さんのやま》城（小林市）に近く、まさに目の上の瘤《こぶ》であった。島津義弘は、さらに飯野の西四キロに加久藤城を築いて守備させていた。

元亀三年（一五七二）五月三日夜、大将伊東祐安率いる三千余の伊東軍は、三山城を出て一軍は飯野攻略のため近くの妙見尾に進み、一軍は加久藤を目ざして進んだ。

一方、義弘はそれまで間者を放って敵情を探知していた。彼は部下たちに、それぞれの任務を与え、小勢で大敵と戦う必殺の戦略を練った。

木崎原の古戦場の碑（えびの市木崎原）

伊東軍の一隊は本城を落とす前に先ず出城からと、攻撃の鋒先を加久藤城に向けて押しよせた。だが、暗夜、地形も分からず山路を攻め登っていったから、たちまち城兵が落とす大石に当たり死傷者続出、城攻めは難渋して失敗、遂に朝日を受けて飯野川を渡り池島方面へ退いた。

飯野南方の池島まで退いた伊東軍は、人馬を休め休息をとったが、折からの急激に気温が上る陽気にたまりかね、武具を脱ぎ捨て川に入って水浴びする者が多かった。彼らは島津の寡勢を甘くみて戦場にあることを忘れて、解放感に浸《ひた》っていた。

義弘は物見の者からこの報告を受けると、直ちに兵を率いて敵軍に向かって突撃を開始した。この急襲であわてふためく伊東の兵たちは武具を着ける暇もなく、斬り倒されていった。だが、態勢を立て直した伊東方の大将、伊東加賀守祐安をはじめ同新次郎、柚木崎丹後《ゆきざきたんご》らが兵を叱咤して島津の小勢目がけて猛然と突っこみ悽愴な白兵戦を展開した。

この伊東の猛勢に、さしもの義弘の兵たちも突き崩されしだいに移動し北方の三角田《みすみた》まで退き陣容を整えて戦った。

両軍は三角田を中心に木崎原一帯を戦場にして激戦し、島津方は大将義弘を守って敵を防いだ。この時、伊東軍の大将伊東加賀守は馬上で戦っていたが、脇下を射抜かれて落下し息絶えた。一族の伊東新次郎祐信は、義弘目がけて真向から槍を突き入れたが、義弘の馬の奇跡の行動で義弘は危難を免れた。

義弘は、すかさず新次郎を槍で突き刺して倒した。大将を討たれた伊東軍は陣形を崩し支離滅裂の状態となり多くの死傷者を出して敗走、伊東の勇将柚木崎丹後、比田木玄斎らも討死した。この合戦は寅《とら》の刻（午前四時）から未《ひつじ》の刻（午後二時）にかけて十時間に及ぶ長時間の戦いであった。

義弘自伝の『惟新公御自記』に、「一国の猛勢をわずか二三百の人数をもって討亡《うちほろぼ》す事は、前代未聞たるべき者か。其より伊東の運命窮《きわま》れり」と、記しているが、わずかの小勢で日向の主力軍と戦い、潰滅的打撃を与えたことは正に前代未聞の合戦であった。

義弘はその後、激戦地三角田の一隅に敵味方戦没者の供養塔を建てて戦死者を慰霊している。

島津氏はこの戦勝で、日向へのルートを開き、やがて豊後の大友氏と九州の覇権を争うようになり、一方、伊東氏はこの戦いを契機に衰退し、遂に日向を追われることになる。

今山古戦場

龍家《イ》命運決今山《ロ》
鍋島《ハ》勇魂生死頒
激闘瞬時摧大敵《ニ》
佐嘉《ホ》城内掃辛艱《ヘ》

今山古《いまやまこ》戦場《せんじょう》

龍家《りゅうけ》の命運《めいうん》　今山《いまやま》に決《けっ》す
鍋島《なべしま》の勇魂《ゆうこん》　生死《せいし》を頒《わか》つ
激闘瞬時《げきとうしゅんじ》にして　大敵《たいてき》を摧《くだ》き
佐嘉城内《さがじょうない》の　辛艱《しんかん》を掃《はら》う

語意

イ、龍造寺家《りゅうぞうじけ》。ロ、佐賀市大和町にあり、大友軍が佐嘉（佐賀）城を攻めた時、大将大友八郎親貞の本陣となったところ。ハ、鍋島信昌《なべしまのぶまさ》（のち直茂）。ニ、大友の大軍。ホ、佐賀の古名。ヘ、つらい苦しい悩み。

詩意

元亀元年（一五七〇）、佐賀城攻略に攻め寄せてきた大友軍の本陣、今山に対して佐賀城主龍造寺隆信は家の命運を賭ける戦いを演じた。龍造寺の奇襲隊を指揮する鍋島直茂（当時信昌）

の勇魂が、龍造寺家の生死を分ける戦いとなった。
今山で龍造寺勢の奇襲を受けた大友軍は、不意を突かれて瞬時にして崩れ敗走した。この戦いで、それまで風前の灯の状態にあった佐賀城は、辛く苦しんだ悩みから解放され、一掃することができた。

歴史考

弘治二年（一五五六）、龍造寺隆信の母、慶誾《けいぎん》は家臣筋の鍋島清房と再婚したことで、清房の嫡子信昌（のち直茂）と、隆信は義兄弟となった。時に、隆信二十七歳、信昌十八歳であった。勇猛な隆信、思慮深く仁愛の心をもつ信昌、若い二人が龍造寺家の存亡を賭け、一丸となって外敵に当たり、その能力、成果を最高に発揮したのが、今山の合戦である。

元亀元年（一五七〇）三月、当時、九州最強を誇る豊後の大友宗麟は、肥前佐賀で反抗する龍造寺隆信や、その与党を討つため、自ら出馬して筑後の高良山（久留米市）に本陣を置き、配下の戸次、臼杵、吉弘らの部将たちに三万の軍勢をもって肥前国内に侵攻させ、佐賀城を包囲した。肥前東部の国人領主や有馬、西郷、大村、松浦らの有力諸氏が加わり、大友方の軍勢は佐賀周辺に充満した。

一方、佐賀城を守る龍造寺勢は、隆信、信昌はじめ、一族郎党、味方を合わせて四、五千人に過ぎず、大友方の大軍とは比較にならぬ劣勢であった。だが、地理に明るい佐賀勢は、ゲリラ戦法で敵を攪乱するなどして大友軍を手こずらせ、いたずらに時がたち、既に八月に入っていた。

その頃、高良山本陣にあった総大将、大友宗麟は、佐賀城攻略に手間どる諸将督励と、早期落城させるため新たに一族、大友八郎親貞を名代として、玖珠郡の兵士三千余を率いさせて佐賀へ進撃させた。

親貞出陣によって将兵の士気は奮い、隊列は肥前東部に進み、八月十七日、大将親貞は佐賀城を見渡せる今山に陣を布いた。

鍋島信昌は、忍びの者を放って密かに大友の敵陣を偵察させていたが、その報告には「豊後の将おごる心甚しく士卒に無礼をあらわし、人の心一和せず諸卆は、また当家の御落城程あるまじと思い、あなどりさらに武備を事とせず」（『肥陽軍記』）。

この報告を受けた信昌は、隆信はじめ龍造寺家中の主だった者たちの軍議の席上で、和議を主張する一部の老臣たちを押さえて、今山の敵本陣への夜襲を進言、十死一生の覚悟を示した。

この時、隆信の母慶誾は、軍議の席に出てくると、信昌の進言を強く推して、「今夜、敵陣に討ち入り、死生二つの勝負を決してこそ武士の本懐ではないか。男子たる者臆《おく》せず戦うべし」（『九州治乱記』）と言って一同を励まし、城中の士気を鼓舞した。

八月二十日未明、信昌率いる龍造寺勢は、今山の後方にとり登り、眼下の敵陣に忍びより、信昌の合図とともに奇襲攻撃を敢行した。

今山古戦場の碑（佐賀市今山）

油断して眠りこけていた今山の大友将兵たちは、時ならぬ喊声と突撃を受けて陣中はたちまち大混乱におち入り、瞬時に討たれていった。裏手に逃れようとした者たちも、待ちかまえた龍造寺勢によって討たれた。大将大友親貞は、主従十人ばかりで山道を伝って逃れようとしたが、発見され遂に首を打たれた。

今山の大友陣は潰滅状態となり、千余の戦死者を出し、敗残の将兵は、味方の陣営を目ざして敗走した。

この今山の戦いは、隆信、信昌の義兄弟にとって、家の興亡を賭けた記念すべき総力戦であった。今山戦を契機に龍造寺隆信は、信昌の協力を得て戦国大名へと成長してゆく。

現在、今山古戦場跡には、「大友大明神」と記された戦殁者の供養碑が建っている。

過佐土原城址

三[イ]位勢威懐[ロ]日州
鶴[ハ]松城下恣燕[ニ]遊
覇[ホ]図空散栄華跡
一瞬興亡問莫由

佐土原《さとはら》城址《じょうし》を過《す》ぐ

三位《さんみ》の勢威《せいい》　日州《にっしゅう》を懐《おお》う
鶴松城下《つるまつじょうか》　燕遊《えんゆう》を恣《ほしいまま》にす
覇図《はと》空《むな》しく散《さん》ず　栄華《えいが》の跡《あと》
一瞬《いっしゅん》の興亡《こうぼう》　問《と》うに由《よし》なし

語意

イ、朝廷から従三位に叙せられた伊東義祐《よしすけ》（三位入道）のこと。ロ、日向国中を広くゆきわたる。ハ、佐土原《さとはら》城の別名。ニ、酒盛り（宴会）して遊ぶ。ホ、制覇するはかりごと。

詩意

日向国の支配者であった伊東義祐は、従三位の高位に昇叙され、その権威と武力は国中をおおった。彼は権勢を振るい鶴松城（佐土原城の別称）下で、宴を張って遊んだ。だが、権力に驕《おご》る義祐の南九州征覇の計略は実現できず空しく散り、栄華の跡を偲ばせる。

義祐はのちに佐土原を追われるが、彼の権勢も一瞬の間にすぎず問うてもすべのないことである。

歴史考

伊東氏の祖は建久元年（一一九〇）、源頼朝から日向国地頭職を賜わった工藤祐経《くどうすけつね》に始まる。五代孫の祐持は建武二年（一三三五）、足利尊氏の配下として児湯《こゆ》郡都於郡《とのこおり》（宮崎県西都市）を宛行《あてが》われた。その間、工藤を伊藤に改め、さらに「伊東」と改称している。

日向伊東氏は、この祐持を初代として南北朝期から室町、戦国期へと続く。その間、山東《さんとう》（青井岳天神嶺より東の領界をいう）を本拠にして対立する財部《たからべ》（高鍋）の土持《つちもち》氏を滅ぼした。さらに一族の田島氏を滅亡させ、その領地佐土原（宮崎市佐土原町）を収め、門川、木脇らの支族も支配下にとり入れるなどして勢力を伸ばした。

一方、薩摩に本拠を置く島津氏もまた日向山東への進出を企図して伊東氏と抗争をくり返すようになる。応仁、文明以後の戦国期に入ると、南九州では肥後人吉の相良《さがら》、大隅《おおすみ》の肝付《きもつき》、それに真幸《まさき》（えびの、小林両市一帯）の北原らが、それぞれ地域勢力を保持していたが、伊東、島津両氏の力が断然強く、他の諸氏を押さえていた。

この両者の三州（薩摩・大隅・日向）への覇権争いは、文明十六年（一四八四）、六代、伊東祐国の飫肥《おび》城攻めから始まる。島津の日向戦略の拠点であった飫肥城への伊東の攻勢は、十代義祐まで長期にわたって続く。

天文六年（一五三七）、義祐は、朝廷、幕府への献金で従四位に叙せられ、将軍足利義晴より一字をもらってそれまでの義清を改め「義祐」となのるようになった。彼は佐土原城（鶴松城）にあって政務をとった。

天文十五年十二月、義祐は多額の献金をして地方では稀な〃従三位〃の高位に昇叙され、権威と武力を背景に権勢を振るい、日向に君臨する。しかし二年後、嫡子歓虎丸《かんとらまる》が早逝したため、悲嘆のあまり遂に剃髪。三十六歳で入道となり、官位とともに「三位入道」と称した。

義祐は娘を真幸の領主、北原兼守に嫁がせ、北原家の内政に干渉し、永禄三年（一五六〇）、兼守が死去して子がいなかったので、事実上、北原家を支配する。彼は真幸七五〇町を手に入れ、その居城三ッ山城（小林市）を属城とした。

義祐の飫肥への出兵は、その後も続けられたが、永禄十一年一月、二万の大軍をもって飫肥城を攻め、遂に城主島津忠親を降伏させ、念願の飫肥千町を手中に収めた。

当時、島津氏は大隅地方討伐のため手が廻らず飫肥への救援ができなかった。

義祐は三男祐兵《すけたけ》に飫肥城を守らせ、また、都於郡の本城には孫祐賀《すけよし》（急逝した二男義益の子）を置き、自らは佐土原にあって国政を掌握した。彼の支配領域は日向五郡に及び、その属城は佐土原、飫肥を加えて「伊東四十八城」と称され、まさに絶頂期にあった。また「京かぶれ」の義祐は、佐土原に金閣寺をまねて金柏寺を建てたり、祇園、愛宕、清水、五条などの名を付

空から見た佐土原城跡。二の丸跡に大広間などを復元、鶴松館として開館。左奥の山に城があった。（宮崎市佐渡原町上田島。宮崎市教育委員会提供）

し、京都まがいの雅美に凝《こ》って、公卿と血縁を結び、蹴鞠《けまり》の会を催すなど、彼の振る舞いは地方大名の域を越えていた。

佐土原で優雅な生活を送る義祐は、民衆には専制をもってのぞむ苛酷な君主であったが、反面、文事に親しみ数々の和歌、俳句などを残している。

元亀二年、義祐は木崎原で島津軍に大敗してからしだいに衰退し、天正五年（一五七七）冬、島津の攻勢と国内の暴動をうけ、栄華の町佐土原を逃れ、縁先の大友宗麟をたよって豊後へ亡命する。彼の辛く苦しい悲惨な米良《めら》越えの逃避行は「日向纂記《ひうがさんき》」に記されている。

懐耳川高城戦

[イ]豊薩[ロ]干戈極[ハ]耳川
[ニ]高城死闘恨[ホ]綿々
[ヘ]恩讐一夢無人問
[ト]鬼哭啾啾誰耐憐

耳川《みみかわ》高城《たかじょう》の戦《たたか》いを懐《おも》う

豊薩《ほうさつ》の干戈《かんか》　耳川《みみかわ》に極《きわ》む
高城《たかじょう》の死闘《しとう》　恨《うら》み綿々《めんめん》
恩讐《おんしゅう》一夢《いちむ》　人《ひと》の問《と》うなし
鬼哭《きこく》啾《しゅう》啾《しゅう》　誰《だれ》か憐《あわれ》みに耐《た》えんや

語意

イ、豊後（大友氏）、薩摩（島津氏）。ロ、戦い。ハ、九州山地に源を発し、東流して日向灘に注ぐ大河。ニ、宮崎県木城町にあり、宮崎平野の咽喉を扼《やく》す要衝。ホ、長く続いて絶えまないこと。へ、恩とうらみも一夢のように過ぎ去ってしまう。ト、死者の魂がひそひそと泣く。

詩意

天正六年（一五七八）冬、豊後の大友宗麟は、日向に進出してきた薩摩の島津義久を討っため、大軍をもって南下、耳川を渡り、島津の拠点、高城を攻囲し、城主山田有信以下城兵と熾《し》烈《れつ》な激戦を展開、双方に多くの戦死者が出た。戦没者たちの恩や、うらみは一場の夢となり、問う人もない。古戦場のあたりには、死者の幽霊がひそひそと泣いているようで、誰かこの憐さに耐えることができようか。

歴史考

日向国に君臨していた伊東三位入道義祐は、島津氏の侵攻を受け、天正五年佐土原の居城をのがれて豊後の親戚大友宗麟のもとに亡命した。

宗麟は戦国たけなわの天文年間から天正初年頃（一五三二―一五七三）にかけて九州一の勢威を誇っていたが、家中には内紛の火種が生じていた。

その原因の一つは、宗麟の熱心なキリスト教保護による正室奈多夫人との確執である。夫人は奈多八幡宮（大分県杵築市）社家の出であり、キリスト教を嫌って宗麟と対立していたが、子や一族の者までが入信するにおよんで家庭内の不和は激化していった。そのため、家臣の間にも仏教信者らとの宗教対立を生じていた。

このような内憂を抱える宗麟に、さらに外憂が加わってくる。それは大友傘下の日向県《あがた》（延岡の古名）の領主、土持親成《つちもちちかしげ》が島津側に寝返ったことである。それまで大友は、伊東という日向の防御線があったから、薩摩の強雄島津から直接攻められる心配はなかった。

だが、伊東が崩れ、さらに日向北部の土持まで離反しては、豊後にとって重大な脅威となってきた。宗麟の日向出征の企図は、このような事情のもとに決行された。宗麟の意図は土持討伐によって家中のゴタゴタを回避し、南敵島津に打撃を与えることだった。

天正六年一月、宗麟は土持討伐のため三万の軍勢を動員して県に攻め入らせ、土持の本拠松尾城を攻略、大友軍はまたたく間に耳川以北の土持の支配圏を制圧して、日向北部の進攻作戦はひとまず成功し、戦勝の将兵は意気揚々と凱旋した。

ところが、この第一次出兵で勝運に乗った宗麟は、さらに無謀な第二次出兵を行う。こんどの目的には、日向国内の伊東旧領奪回だけでなく、この地に新しくキリスト教による理想郷を建設しようという信仰上の夢を抱いていた。

だが、この第二次出兵には老臣らの反対が強かった。先の土持征伐とは違い、相手は手ごわい島津である。宗麟が考えるほど容易な戦いとは思われなかった。

出兵よりも国内整備に力を入れるべきである。出兵の留守を毛利などの外敵から突かれたらどうなるか。こんな声も宗麟には通じなかった。彼には、それまでの九州一の勢力をバックにした驕《おご》りがあった。

宗麟は第二次出兵前の天正六年七月二十五日、臼杵の教会で受洗。ドン・フランシスコの教名を受けた（ルイス・フロイス『日本史』）。彼はこの受洗前に前夫人の奈多氏と離婚して、キリシタンの女性と再婚した。

同年九月四日、宗麟は嫡子義統を国内に留めて物資調達などの任に当たらせ、自ら四万余の軍勢を率いて海陸二方面から日向へ進撃した。宗麟は、新夫人や神父らを伴い、臼杵から海路で県に入り、務志賀《むしか》（無鹿＝延岡市無鹿町）に本営を置く。

十月下旬、務志賀に集結した大友軍は、筆頭家老の田原紹忍が総指揮をとり、宮崎の咽喉《のど》元にあたる高城攻略に向かった。高城は、もともと伊東氏四十八城の一つであったが、当時島津の将、山田有信が小勢で守っていた。

一方、島津義久は、高城を失えば島津全領土の喪失になるとの危機感をもって、全力を挙げて救援にあたることになった。

大友諸軍は、高城の麓を流れる小丸《おまる》川と、支流の切原川を挟んで相対する広い丘陵地に布陣した。現在「カンカン原」と呼ばれている一帯である。

大友軍は、小勢の高城を数度にわたって猛攻したが、城兵必死の勇戦で攻め落とすことができず、いたずらに日数を費していた。

その頃、島津義久は弟義弘らとともに三万余の軍を率いて高城救援に向かい、小丸川を挟んで布陣。大友軍に対した。

運命の十一月十二日、大友軍の先攻で戦端が開かれたが、総指揮をとる田原紹忍と各隊将間の指揮統一ができず、部将たちが各自勝手な渡河戦を演じて敵陣へ突入していった。そのため待ち構えた島津軍の術中に嵌《は》まり、各隊が分断され、激戦のすえ、大友軍は数千の死傷者を出す未曽有の大敗を喫した。

敗残の大友軍は豊後へと退却するが、島津軍はこれを追って美々津付近の耳川の水辺で痛撃を加え、さらに損害を与えて大勝した。

宗麟は、務志賀の本営でこの敗報を聞くと、家族、近臣らをつれ、悲惨な落武者となって豊後へ逃げ帰った。一方、置き去りにされた宣教師たちは、飢えと寒さに苦しみ、生命の危険にさらされながら彼らのあとを追い、惨めな逃避行をさせられた。

耳川の合戦で亡くなった人々の供養塔
(宮崎県児湯郡川南町)

耳川敗戦により大友家は急速に衰退し、戦勝の島津氏は、逆に勢力を強めて九州覇者への態勢を固めてゆく。

宗麟のこの無謀な戦いで、いちばん哀しんだのは、夫を戦場で失って途方にくれた多くの夫人たちで、彼女らは「豊後《ぶんご》ごけ(後家)」と呼ばれて苦難の道を歩かねばならなかった。

水俣城址

水俣城址《みなまたじょうし》

南敵攻来水俣城
戦中時応詠歌情
憐号友陣忠魂跡
回首当年兵馬声

南敵《なんてき》攻《せ》め来《きた》る　水俣城《みなまたじょう》
戦中《せんちゅう》時《とき》に応《こた》える　詠歌《えいか》の情《じょう》
憐《あわれ》む友陣《ゆうじん》に号《さけ》ぶ　忠魂《ちゅうこん》の跡《あと》
首《こうべ》回《めぐら》せば当年《とうねん》　兵馬《へいば》の声《こえ》

語意

イ、南の敵（島津をさす）。ロ、肥後南部を支配した相良《さがら》氏の要城。（熊本県水俣市）。ハ、戦陣のひととき即興句による矢文の応酬をさす。ニ、自分の命を犠牲にして味方の陣を鼓舞したことをいう。

詩意

天正七年、同九年と二回にわたって相良氏の出城、水俣城は、薩摩の強雄島津氏に攻められる。第一回の攻防戦中、島津方から「秋風にみなまた落る木の葉かな」と、発句を記して城内に射ちこんだ。水俣城がみな落ちるぞ、という洒落《しゃれ》の即興句だが、この時、歌道に秀れた水俣城の守将深水宗方は早速、「よせてはしづむ月のうら波」と脇句を入れて射返した。

「月の浦」は、水俣の西海岸にある名称で、よせて（寄せ手＝島津軍）は、月の浦波のように退却をくり返す様子をからかったのである。第一次戦は水俣城の守りが堅く、島津軍は引き揚げたが、同九年八月、再び侵攻して城を包囲した。翌九月、島津の厳しい包囲網のまえに城兵の籠城は困窮し、落城は目前に迫ってきた。

城将犬童頼安《いんどうよりやす》は、部下村山伝助を八代《やつしろ》の相良義陽《よしひ》のもとに急使させ、救援を請うた。義陽は、従臣溝口半五郎を使者として水俣へ急行させ、城兵に救援軍を送ることを伝えさせようとしたが、半五郎は運悪く城近くで島津の衛兵に見つかり捕えられてしまった。

島津の将は半五郎に対し、「お前の主君相良義陽の命として、城兵に向かって直ちに降伏せよと伝えよ、そうすれば、お前の生命は助けよう。もし従わねば処刑する」と命じた。

これを承知した半五郎は、城の下に引き出された。島津の将兵たちは、彼が命じられたとおり、「城を開いて降伏せよ」と言うのを待った。

半五郎は城中に向かって大声で、「自分は八代からの使者である。主君義陽公の命を伝える」と叫んだ。これを聞いた城将犬童はじめ城兵たちが集まり、彼の言葉に耳を傾けた。

『南藤蔓綿録《なんとうまんめんろく》』を要約すれば、「城中の皆さん、どうか力を合わせて城を守ってください。数日中にも義陽公自ら兵を率いて必ず救援に駆けつけられますぞ」と、臆せず朗々と言い放った。

言い終わったとたん彼の首は打ち落とされた。

このような史実を考え、この水俣城址に立って回想すると、当時の兵馬の声が聞こえてくるようだ。

歴史考

相良氏は、中世、人吉盆地を中心に球磨《くま》川流域を支配して「相良七百年」の歴史を築いた。『求麻外史《くまがいし》』によれば、天永三年（一一一二）、藤原鎌足《ふじわらかまたり》の後裔、工藤周頼《かねより》が、遠江の相良荘（静岡県相良町）を領してから「相良」氏をなのるようになったという。

周頼四代の孫、頼景は鎌倉幕府の命で求磨（求麻、球磨）地方に下向、多良木《たらき》荘に入り、その子長頼が求磨郡の地頭職となり、人吉に移った。

その後、相良氏は求磨、人吉地方を統一、戦国期に入ると領地拡大を計り、球磨川下流の八代への進出を企図して、領主名和氏と戦う。

永正元年（一五〇四）、相良長毎《ながつね》（十三代）は、名和顕忠《なわあきただ》を降して念願の八代を手に入れた。八代を奪われた名和氏は宇土へ移った。

相良氏は、その後約八十年間にわたって八代を支配し、天草へ勢力を伸ばすなど肥後南部の雄として勢威を振るう。

十六代、義滋《よししげ》は肥後の民政にも力を注ぎ、さらに大口方面にも進出して武力を示すなど、最

水俣城趾の標識と案内板（水俣市古城）

も充実した時期であった。

十七代、晴広の治世は三郡をよく治め、九州一の強雄豊後の大友氏と親交を結んで自家の保全を図る。彼は弘治元年（一五五五）、相良家の家法である式目（法度《はっと》）二十一条を定めて戦国相良家民治の基本を示すなど優れた治績を残したが、病いのため同年八月、八代の鷹峯城で死去。四十三歳であった。十八代目の家督を継いだ頼房（のち義陽と改名）は、この時、十二歳であった。

永禄七年（一五六四）、頼房は従四位下、修理大夫の官位に任じられ、将軍足利義輝の一字を受けて義陽と改名した。時に二十一歳。

その後、数年間は義陽の全盛期だったが、一方、隣国の島津氏が三州を統一しはじめ、勢力を強めながら肥後への北進を図り、永禄十二年、相良の拠点大口城を攻略。相良勢は人吉へ撤退した。以後、大口は島津の支配下に入った。

島津勢力の強大化につれ、肥薩の国境を接する相良義陽は、豊後への依存度を強め、日向の伊東氏と結ぶ一方、阿蘇家の家老甲斐宗運と盟約を交わして、島津氏への防衛線を結集する。だが、元亀三年、木崎原で伊東氏が島津氏に敗れたため、同盟の一角が崩れ、島津氏の脅威がさらに加速する。

島津氏は天正六年、耳川の戦いで大友氏に大勝してから破竹の勢いで、九州制覇へと鋒先を北に向け、翌七年、相良領に進攻したが、義陽の急援で撤退する。しかし同九年、再び攻め寄せて遂に水俣城を落とした。

和議の結果、佐敷、津奈木、湯浦、水俣など葦北七浦を島津氏に割譲し、二人の子を人質として差し出さねばならなかった。

水俣城の陥落は、相良氏が戦国大名の座から転落して島津氏に臣従を誓わされ、多くの犠牲をはらい忍従と苦難の道を歩くことになる。

その後、八代も島津氏の支配下に入った。

悼蒲池氏滅亡

筑後妖雲覆柳城[イ]
梟雄[ロ]謀略誘和平[ハ]
蒲池[ニ]不識終焉舞
与賀[ホ]凶行無限声

蒲池《かまち》氏《し》の滅亡《めつぼう》を悼《いた》む

筑後《ちくご》の妖雲《よううん》　柳城《りゅうじょう》を覆《おお》う
梟雄《きょうゆう》謀略《ぼうりゃく》して　和平《わへい》に誘《さそ》う
蒲池《かまち》識《し》らず　終焉《しゅうえん》の舞《ま》い
与賀《よか》の凶行《きょうこう》　無限《むげん》の声《こえ》

語意

イ、柳川（古名は柳河）。ロ、奸智に長けた勇猛な英雄、ここでは龍造寺隆信をさす。ハ、天正九年五月、龍造寺隆信は、柳川城主蒲池《かまち》鎮並《しげなみ》を和平に事よせて佐賀に誘きよせる。ニ、蒲池鎮並。ホ、佐賀市与賀町。

詩意

天正八年（一五八〇）、「肥前の熊」と恐れられた龍造寺隆信は、従わぬ筑後柳川城主の蒲池鎮並を攻めたが、水濠に守られた柳川城を落とすことができず、計略をもって停戦する。

翌、天正九年、隆信は謀略を用いて、正式の和議を結び、舞いを見ることを口実に鎮並を佐賀城下に誘き出して謀殺した。

鎮並は幸若舞の名手であった。謀殺される前夜の招宴で、請われるまま、これがこの世の末期の舞いとも知ず無心に舞っていたという。翌日、与賀神社の付近で蒲池主従は、隆信配下の者たちに襲われて非業の死をとげた。

謀殺された彼ら主従の怨みのこもった無限の声が聞こえてくるようだ。

歴史考

九州屈指の戦国の猛将として知られる龍造寺隆信は、佐賀から起こり、彼の代で勢力を強め、〝五国二島の大守〟と称されるまで戦国大名として大きく成長する。

享禄二年（一五二九）生まれの彼は、豊後の大友宗麟より一歳年上で、天正年間の初期ごろから大友・島津とともに九州を三分する大勢力となっていた。

肥前国内を掌握した隆信は、さらに筑後、肥後へと拡大をはかるが、その残虐さは多くの人に恐怖を与え、憎しみを買った。

隆信の筑後進出きっかけになったのは、天正六年、それまで九州一だった大友宗麟が、薩摩の島津義久に敗れてからである。大友の衰退を機に、まず筑後が隆信の侵略に晒《さら》される。

隆信は、高良山座主や蒲池鎮並（柳川城主）、田尻鑑種《あきたね》（山門郡鷹尾城主）らの有力領主らを味方につけて兵を進め、三瀦《みずま》郡の酒見・城島・安武・草野・堤・西牟田らを降し、生葉郡に進攻して星野・黒木・河崎らの諸城を攻略。さらに上妻郡の山下城主蒲池鑑広や、三池・辺春・和仁らの諸氏に降礼をとらせて、ほぼ筑後一円を平定した。

彼は、つづいて肥後北部に出兵、大津山・小代《しょうだい》・赤星・隈部らを服従させるなど猛威を振るい、今や南の島津義久とともに、九州の二大勢力を形成して、全盛期にあった。

だが、征服欲に燃える隆信の仁愛に欠けた残虐非道さに、城主たちの心が離れはじめる。筑後十五城の旗頭《はたかしら》といわれた蒲池家も鎮並の代で隆信の脅威にさらされ、忍従していたが、天正八年、蒲池鎮並は島津に通じて隆信から離反する。謀反の柳川城に対して隆信の嫡子政家が一万余の軍を率いて攻め寄せ城を包囲した。だが、水濠に防御柵を設けて堅固に守る城兵の奮戦で、三百日経っても落城しなかった。

隆信は鎮並の親族田尻鑑種を遣わして鎮並を説得させ、和議を結び兵を引き揚げさせた。だが、隆信の胸中には、鎮並を佐賀に誘き寄せて討ち果たすという陰惨な謀殺計画が練られていた。翌九年に入り彼は、それをさっそく実行に移すため、使者をもって鎮並に、和平答礼のため佐賀に来ることを促し、新しく建てた須古城で猿楽を催すので、猿楽の役者たちも連れてくるようにと伝えさせた。

彼は、残忍な隆信を警戒して、はじめは返事もしなかったが、数度にわたって使者が誠意を示して神文に誓ったので、疑心も解けて和平のため佐賀行きを決意。同年五月二十五日、従臣、猿楽の役者たち二百余人をつれて柳川を発った。

佐賀に着いた鎮並は、使者の案内で城中に入り、政家に和議の礼を述べた。その夜祝宴が開かれ、龍造寺家の手厚い饗応を受けた。猿楽（幸若舞）の名手であった鎮並は請われるまま無心に舞い踊るが、恐ろしい謀略が待ち構えているなど知るよしもなかった。

彼ら一行は、城北の本行寺に二泊して二十七日早朝出発、隆信のいる四里（約十五キロ）距てた須古城へと向かった。出発してから間もなく、鎮並一行が与賀のところにさしかかった時、突如、龍造寺の伏兵がいっせいに喊声《かんせい》を挙げて彼らに襲いかかってきた。

不意の襲撃をうけた蒲池勢は、つぎつぎに討たれ兇刃の犠牲となって非業な死をとげた。

蒲池一族の墓（柳川市東蒲池・崇久寺）

『北肥戦誌』は、「この時柳川勢の討死百七十三人」と、記している。

鎮並は、もはや逃れられないと知って、従者と自害して果てたという。隆信は、鎮並らを謀殺したあと、さらに柳川周辺の蒲池一族討伐を命じて根絶やし作戦を行った。

その後、柳川城には、一族の龍造寺家晴を置いて守らせた。

大村三城城址

三城[イ]古址罩悲傷
戦国興亡夢一場
誰解開明天正[ロ]志
雄魂壮挙[ハ]運西洋

大村三城《おおむらさんじょう》　城址《じょうし》

三城《さんじょう》の古址《こし》　悲傷《ひしょう》を罩《こ》む
戦国《せんごく》の興亡《こうぼう》　夢一場《ゆめいちじょう》
誰《だれ》か解《かい》せん開明《かいめい》　天正《てんしょう》の志《こころざし》を
雄魂《ゆうこん》の壮挙《そうきょ》　西洋《せいよう》を運《めぐ》る

語意

イ、戦国キリシタン大名、大村純忠が永禄七年（一五六四）に築いた城址（長崎県大村市）。ロ、天正十年（一五八二）、純忠が大友宗麟、有馬晴信らとともに日本初の遺欧少年使節を派遣したこと。ハ、意気さかんな大事業の計画

詩意

大村純忠が築いた三城の城址《しろあと》には、悲しみいたむ雰囲気がこもっている。この城の興亡の歴史は、遠く去ってすでに一場の夢のようである。天正十年、日本国最初のキリシタン大名、大

村純忠は、戦乱の中で開明の志をもって、遠くヨーロッパのローマ法皇のもとへ少年使節を派遣するが、誰が彼の胸中を理解したであろうか、城主純忠の雄魂の大事業の企てにより、彼らは未知の西洋をめぐることができた。

歴史考

天文十八年（一五四九）、ポルトガル国のイエズス会宣教師フランシスコ・ザビエルが日本にきて、キリスト教の布教を開始してから十四年後、受洗してドン・バルトロメウの教名を与えられた日本最初のキリシタン大名がいた。それが大村純忠である。彼は島原半島に本拠を置く有馬氏の出だが、大村家を継ぎ肥前大村、長崎の湾岸一帯を支配した戦国大名であった。

純忠は横瀬浦（長崎県西海町）や、長崎を開港したことで知られるが、彼はポルトガル貿易を通じてキリスト教への関わりを深くして永禄六年（一五六三）、ついに入信、キリシタンとなった。純忠は領内の寺社や仏教徒を強引な手段でキリシタンに改宗させるなどしたため多くの内紛があったが、ようやく領主権を安定させることができた。

翌永禄七年、純忠は本堂川を前にした広い丘陵地に三城の城を築いた。三城はその後純忠、喜前《よしあき》父子二代、三十五年間の居城となった。

元亀三年（一五七二）七月、大村領奪取を企図する武雄の後藤貴明らの兵が、三城を包囲したが、純忠に忠誠を誓う家臣たちの働きで撃退した。「三城七騎籠《ごもり》」と呼ばれている。

天正三年（一五七五）九月、宣教師フランシスコ・カブラルは、大村で新たにキリシタンとなった者約二万人、その中には五十ないし六十の寺の僧侶がいたと報じた。

翌同四年には、純忠の兄有馬義貞も改宗して洗礼を受けたが、翌年、病死した。その子晴信（純忠の甥）は、天正八年、宣教師ヴァリニヤーノによって受洗し、ドン・プロタジオの教名を受けた。肥前から大村純忠と有馬晴信の叔父、甥の二人のキリシタン大名が出現した。

一方、天正年間に入り、佐賀の龍造寺隆信の勢力が強大となって、同三年には大村領の藤津郡に侵入、大村方の城は攻め落とされた。その後も隆信の攻勢を受けて支えきれず、遂に和を請うて降伏。純忠の娘と隆信の次男江上家種との婚儀が成立した。

天正六年、耳川戦後、大友家は衰退していくが、これを契機に九州北部最強の勢力となった龍造寺隆信は、肥前国内の制圧を進め、筑前、筑後、肥後北部へと出兵して侵略を続けて猛威を振るう。今や九州の勢力図は、島津・龍造寺の二大勢力に塗り替えられた。

隆信はその後も純忠に圧迫を加えていた。こんな状況の中で、純忠は来日した日本巡察師アレキサンドロ・ヴァリニヤーノに対し、領地長崎と茂木をイエズス会に寄進した。理由の一つには、龍造寺の攻撃から長崎を守るためであった。これに続いて有馬晴信も浦上を寄進した。

天正十年一月二十八日、巡察使ヴァリニヤーノに伴われて、四人の十三〜十四歳の少年たちが長崎港から遠くローマへと旅立った。キリシタン大名大村純忠、有馬晴信、大友宗麟の三人協同による遣欧少年使節団であった。この四人の少年たちは、伊東マンショ、千々石ミゲル、中浦ジュリアン、原マルチノであった。
純忠はこの出発にあたり、ローマ教皇やイエズス会総長に宛てた親書を認めて使節に託した。純忠にとって、この日本初の少年使節派遣は無上の歓びであったと思われる。

三城城趾（大村市）

だが、隆信の純忠に対する圧迫は、さらに強くなり、純忠の嫡子喜前はじめ次男、三男まで人質として佐賀に抱束した。さらに一族の主だった者たちの人質も要求した。

純忠は、やむなく彼らを隆信に引き渡した。すると、今度は純忠に三城を出て波佐見《はさみ》の地に移るように命じてきた。逆らえば滅亡しかない。純忠は隆信の言いなりになるほかはなかった。

「ドン・バルトロメウ（純忠）は、領内のキリシタン宗団が、ことごとくこの暴君（隆信）に掌握され、逃れ得ないことが明らかに判ったので（彼の命令に従って）城から出て行こうとしていた」（フロイス『日本史』）。

純忠は、三城の城を去る時、あまりにも惨めであったから、人目を避けて大村の町はずれを遠廻りしながら去っていった。

純忠が隆信から解放され、領主権を回復させることができたのは、天正十二年三月、島原で島津軍と戦って隆信が敗死してからである。純忠は、やっと三城に帰ることができた。

その後、大村家は、豊臣秀吉、徳川家康によって、大名として領国を安堵され、小藩ながら明治維新まで続いた。

過響野原古戦場

響野原《ひびきのはら》古戦場《こせんじょう》を過《す》ぐ

盟《イ》背失真和《ロ》破亡
相《ハ》良苦悩断人腸
風悲響《ニ》野消魂処
肥《ホ》将無声涙数行

盟《ちかい》に背《そむ》けば真《まこと》を失《うしな》い　和《わ》を破《やぶ》れば亡《ほろ》ぶ
相良《さがら》の苦悩《くのう》　人腸《じんちょう》を断《た》つ
風《かぜ》は悲《かな》しむ　響野《ひびきの》消魂《しょうこん》の処《ところ》
肥将《ひしょう》声《こえ》なく　涙《なみだ》数行《すうぎょう》

語意

イ、相良義陽《さがらよしひ》と、甲斐宗運《かいそううん》の不可侵の盟約。ロ、島津、相良両者の和睦。ハ、島津に降り、手先となって盟友と戦う相良の断腸の思い。ニ、熊本県宇城市にあり、響野原ともいう。ホ、肥後の勇将甲斐宗運をさす。

詩意

天正九年（一五八一）九月、肥後南部の八代《やつしろ》（八代市）古麓《ふるふもと》城主、相良義陽は、薩摩の島津義久の攻撃をうけて降り、和睦した。

島津は降伏した相良に対し、御船《みふね》城（熊本県宇城市御船町）主の甲斐宗運を討つことを命じた。

それまで義陽と宗運は、互いに協力し合い、不可侵の盟約を交わた盟友同士であった。友への信義を貫けば滅亡しかない。

義陽は島津の命に従うことを決め、断腸の思いで宗運討伐のため出陣した。彼はあえて防備に危険な響野に陣を布いた。

甲斐軍は、攻め易い響野を襲って相良軍を破り、大将義陽の首を挙げた。戦勝した甲斐宗運は、死を覚悟して出陣した昨日までの盟友、相良義陽の胸中を思い、はらはらと涙をながして彼の死をおしんだ。

歴史考

天正九年九月、肥後へ侵攻を図る薩摩の島津義久は、葦北郡に攻め入り、相良氏の重要拠点水俣城を落とした。八代にいた相良義陽は、島津との和平を願って軍門に降り、葦北の領地を割譲し、二人の子を人質に差し出して和議が成立した。

自立を絶たれた相良は、昨日までの敵島津の先陣に立たされることになる。肥後中央部への進出を目ざす島津義久は、途中に立ちはだかる御船城主甲斐宗運を攻略するため、降伏した相良義陽に先陣を命じた。

義陽にとっては、昨日までの盟友宗運を裏切ることになり、身の不運を歎き、その苦衷は測りしれないものがあった。しかしたび重なる島津からの出陣命令をうけて遂に同年十二月一日、義陽は一千余の相良軍を率いて八代を出発。北へ進み阿蘇領との境、娑婆《さば》神《かみ》峠を越え、山崎村（現宇城市豊野町）の響野原に布陣した。

一方、甲斐宗運は物見の報告で、義陽が響野原に陣をとったことを知ると、「さては相良の命運も尽きたか、響野は地形上、防戦しがたい所である。自ら死地を選んだとしか思えぬと」と言って、義陽の心中を思いやったという。

翌十二月二日未明、地理に明るい宗運勢五百余は響野原の相良陣に対して行動をおこした。『肥後国誌』に、「響原北ハ高岸ニテ――大竹生茂《おいしげ》リテ大ナル藪《やぶ》ナリ」と記されているこの藪陰を利用して、背後から奇襲した。

響野原はたちまち凄ましい戦場と化したが、応戦態勢が遅れた相良方が不利で討死する者が続出、遂に大将相良義陽以下、三百余名が戦死、総崩れになって敗走した。

変わり果てた義陽の首を見て宗運は、悲痛な思いで合掌した。心ならずも島津の命に従わなければならなかった彼の立場に同情し、死して盟友に謝罪していった義陽を哀惜してやまなかった。

阿蘇家の筆頭家老として大友方の主家を支えて御船城で多くの功績を残した甲斐宗運は、肥後の名将といわれたが、それまで島津の兵を御船領内に入れさせなかったのは、相良という防御柵があったからである。それが崩れて南からの侵攻をうけることになり、さすがの宗運も阿蘇家もまた三年を待たずに滅亡するだろうと言って嘆息したという。

宗運にとって盟友相良を討った響野の凱歌は、明日はわが身の厳しい戦国の世の弔鐘でもあった。

果たして彼の言葉どおり、宗運死後、子の宗立は父ほどの器量もなく父の遺戒を破って島津の出城を攻略したため、たちまち島津軍の猛攻をうけて敗れ、宗運が主家のために営々として備えた阿蘇家二十四城はことごとく奪われてしまい、三年を経たず阿蘇家は亡び戦国史上から消えていった。

響原古戦場跡の供養碑（宇城市豊野町）

なお、島津義久は、相良義陽の死に感じてその子忠房に家督を継がせて人吉城を返還したので、相良氏は本拠人吉を失わずに、鎌倉以来の家系を保持することができた。

その後、相良家は藩政時代を通じ球磨郡、四万石の大名として小藩ながら明治維新まで続いた。響野原の義陽の死が相良家の滅亡を救い、家系存続の起因になったといえる。

赤星地蔵

竹[イ]飯川辺地蔵尊
赤[ロ]星悲劇跡猶存
可傷児女刑[ハ]場詠
哀弔昔時紅涙痕

赤星地蔵《あかぼしじぞう》

竹飯川辺《たけのいせんへん》の　地蔵尊《じぞうそん》
赤星《あかぼし》の悲劇《ひげき》　跡猶存《あとなおそん》す
傷《いた》む可《べ》し児女《じじょ》の　刑場《けいじょう》に詠《うた》うを
哀弔《あいちょう》す昔時《せきじ》　紅涙《こうるい》の痕《あと》

語意

イ、福岡県高田町竹飯を流れる飯江川。ロ、赤星兄妹の悲劇をさす。ハ、刑場で詠んだ歌をいう。

詩意

福岡県みやま市高田町竹飯を流れる飯江《はえ》川のほとりに地蔵尊（赤星地蔵）がある。赤星兄妹が処刑された所だが、いたましい悲しみの跡は今も残っているように感じられる。傷ましいのは刑場で詠んだ辞世である。昔時を思い血の涙の痕《あと》を哀しみ弔いたい。

天正六年冬、大友氏が日向で島津氏と戦って敗れると、北部九州で最強となった佐賀の龍造寺隆信は、南九州の強雄島津義久と対抗するようになる。今や九州を二分する大勢力となった隆信には、驕《おご》りが生じ、征服欲のあまり残忍非道な行いが多くなった。

隆信は降伏した相手から和議のために預かった人質を平気で殺したり、肉親同士で戦わせるなど常軌を逸した行動は、新付の諸将たちの信頼を失い、離反者が出てきた。赤星の男女二人の子を無残な処刑にしたのもそうであった。

天正十一年、肥後北部を制圧した隆信は、北上してきた島津義久と対決する。だが、両者はいったん和議を結び、その結果、高瀬川を境に、島津と龍造寺は領界を定め、肥後分割の領有が決まった。

このような状況下に赤星の悲劇が起こる。隆信に降伏して和睦を結んでいた赤星統家（隈府城主）は、すでに十四歳の嫡子新六郎を人質として隆信に差し出していた。

隆信は、統家に対し、柳川へ和平の参礼に来るように命じたが、統家が参上を渋ったので、逆意ありとみて、家臣二人を赤星の館に差し向けたが、統家はちょうど外出して不在だった。家臣らは隆信のてまえ、仕方なく家にいた八歳になる統家の娘を拉致して帰った。

隆信は、赤星が居留守を使って、使者に会おうともしなかったと言って激怒した。彼は見せしめのため、人質として預かっていた統家の嫡子新六郎と、家臣らが連行してきた娘とともに二人の兄妹を竹井原（福岡県高田町竹飯）に、引きずり出して、民衆の前で磔刑《たくけい》（はりつけ）にして虐殺した。

処刑の前に新六郎は、立ち合いの武士に「自分の故郷はどの方向か、」と尋ねた。立会いの者は「これより南の方だ」と教えてやった。

新六郎は、じっとその方向を見ていたが、やがて「わが面《おもて》西にな向けぞ赤星の親に後《うしろ》を見せじと思へば」と、一首を詠じて妹とともに刑を受けた。

故郷の両親に、せめて最期だけは背を向けずに親のいる故郷に向いて死んでいきたい。という意味だが、離反者への見せしめといっても、あまりにも鬼畜のごとき人道にはずれた隆信の所業であった。

これを知った人たちは、涙を流して赤星兄妹に同情し、隆信の残虐行為に多くの民衆が憤激したという。

『筑後国史』には、「赤星是《これ》ヲ聞《きく》ヨリモ、忿怒《ふんぬ》ノ気天ヲ衝《つ》キ、悲歎ノ涙血ヲ注《そそ》キ、歩跣《はだし》ニテカケ出シ、八代《やつしろ》ニ至テ嶋津ニ見《まみ》エ、シカジカノ次第《しだい》ヲ語リ出テ、且ハ悲ミ怒リ、隆信討テ玉ハレト一同ニコソ頼ミケレ」と記されているが、ふたりのわが子がむごい殺されかたをされた親の歎きは想像を絶するものであったろう。

昔も今も仁愛のない人は、慕われない。人間として一番大切なものは心であり、国家を指導する者には高い人格が求められる。

暴君としての隆信には、権勢だけで、侵略を受けた人たちへの思いやりもなかった。

その後、赤星統家は、島津に付いて龍造寺への復讐を誓う。果たして翌天正十二年三月、島原半島の有馬晴信が島津側へ寝返ったので、隆信は自ら大軍を率いて討伐に出陣。有馬を救援する島津軍と交戦し、同二十四日、沖田畷で討死した。

この戦いで統家が率いる五十余人の赤星党は全員縄襷《なわたすき》をして島津軍の先頭に立って戦い、隆信の首級が挙がると、全員喊声をあげて兄妹への弔いを喜び合ったという。

赤星地蔵（福岡県みやま市高田町竹飯）

過小金原古戦場

小金原《こかねばる》古戦場《こせんじょう》を過《す》ぐ

血[イ]気挙兵分正邪
積[ロ]年遺恨襲[ハ]長蛇
小[ニ]金原戦人無識
蔓[ホ]草空生送乱鴉

血気《けつき》の挙兵《きょへい》　正邪《せいじゃ》を分《わ》かつ
積年《せきねん》の遺恨《いこん》　長蛇《ちょうだ》を襲《おそ》う
小金原の戦い　人《ひと》識《し》る無《な》し
蔓草《まんそう》空《むな》しく生《しょう》じ　乱鴉《らんあ》を送る

語意

イ、血気にはやる軍事行動。ロ、立花氏への長年の恨み。ハ、立花軍を襲撃。ニ、小金原（福岡県宮若市）における宗像、立花両軍の戦い。ホ、つる草。

詩意

天正九年秋、血気に逸《はや》る宗像武士たちによって起こされた小金原合戦は、戦いの相手にとって正邪の分かれるところである。立花家に対する長年の恨みを晴らすため、彼らは兵を挙げて長蛇の列をくんで進む立花軍を襲撃した。宗像、立花両軍は、小金原台地において死闘を展開し、多くの死傷者を出した。今（二〇一三年）から四百三十二年前に起こった筑前東部のこの小金原の戦いを知る人もいない。戦場跡には、つる草が生え、鴉が乱れて飛んで行くのを見た。

歴史考

元亀元年（一五七〇）、立花・宗像両家は、それまでの敵対関係を改め和睦した。その時、宗像神社大宮司で宗像一円の領主宗像氏貞（蔦ヶ岳城主）は、妹お色を立花道雪（本姓戸次鑑連）に輿入《こし》れさせ、化粧料として宗像郡西郷庄（福津市）三百町を立花家に割譲した。西郷には、河津・井原・深川・有吉・温科《ぬくしな》らの「西郷党」と称される土着の武士団がいて宗像氏に仕えて、隣境立花氏に対する警備の任を負わされていた。彼ら「西郷党」は、住み馴れた西郷の地に根をおろし、強い絆で結ばれてこの地を守ってきた。

ところが、両家和睦の時、主君宗像氏貞が西郷庄を立花道雪に譲渡したため、彼ら武士団は永年住み馴れた西郷の地を離れ、山越えして奥地の鞍手郡若宮郷（現宮若市）に移住させられた。和平のためとはいえ、土地を奪われた移住者たちの苦しみや怒りは、立花家への遺恨となって彼らの胸中に沁みついた。

だが、当時九州最強の戦国大名だった豊後の大友宗麟の将、立花道雪が守る立花城に対して微力な西郷党では、どうすることもできず、ただ主家の宗像家のため草深い移住地若宮で忍従生活に耐えてきた。

天正六年（一五七八）、大友、島津両軍は日向で戦ったが、大友が敗れ、島津が大勝した。以後、大友の勢威は衰え、彼我の勢力は逆転する。

今まで大友氏に従属していた各地の城主たちの離反が相次ぎ、筑前においても荒平・柑子岳《こうしだけ》・鷲ケ岳など博多周辺の大友諸城が、肥前の強雄、龍造寺隆信の軍勢に攻められて次々に落城、寝返る将たちが出てきた。

蔦ヶ岳城主、宗像氏貞も秋月、麻生らと通じて一時毛利、龍造寺へと去就を変えるが、間もなく大友氏へ帰属している。当時、筑前国内で斜陽の大友家を心から支えるのは、立花城の立花道雪と、宝満（太宰府市）、岩屋（大野城市）城を守る高橋紹運や、鷹取城（直方市）主、森鎮実らのわずかな勢力であった。

とくに筑豊の要路にあたる鷹取城は、森鎮実が小勢で守備していたが、敵方の秋月氏の出城と対立して緊迫状態にあった。

天正九年十一月、鷹取城下は飢饉のため城中では食糧不足におち入っていた。鎮実は急使をもって味方の立花道雪に食糧、弾薬など物資の救援を要請した。道雪は、鷹取の窮状を救うため、直ちに由布、小野らの部将たちに命じて糧米三百俵と弾薬などを輸送させた。

同年十一月十二日、立花勢五百余の輸送隊は、早朝に城下を発って約七里（約二七キロ）距てた鷹取城へ向かった。

輸送隊は隣りの宗像領内を通過するため、前もって宗像家の通行許可を得ていた。氏貞は

「立花勢の通行に支障のないようにせよ」と言って、鷹取への通過地点の若宮郷の武士団に伝えさせた。

輸送隊は遠賀川を渡り、同日夜、鷹取城に到着、無事救援物資を運び入れた。城将森鎮実以下、城兵たちは、立花からの救援に感謝して彼らの士気は大いに盛り上がった。

翌十三日の早朝、立花勢は鷹取を出発して帰途についた。その頃、かねてから立花家に遺恨を抱く若宮在住の旧西郷党の家臣たちは、積年の怨を晴らすよい機会とばかり、同志三百余を集め、立花隊の帰路に待ち伏せして一挙にこれを襲う計画を立てていた。宗像氏貞は彼らの陰謀を知らなかったという。

宗像側は、犬鳴川の渡河地点、友池付近で立花勢を襲撃。戦闘が開始された。若宮衆を率いる河津修理は、馬上で指揮中、立花兵が放った弾丸に打ち倒された。立花方は川を渡って小金原の丘陵で最後の激戦を展開した。これより前に、秋月の将恵利内蔵助も出城から援兵を率いて宗像勢を応援したので、九百余の軍勢となった。

氏貞は、この事変に驚き戦闘前に急使をもって宗像家臣たちに停戦を命じたが、彼らは主命に背いて戦った。結果、若宮在郷の武士たち百数十人が戦死、秋月の援軍もかなりの損害を出して笠木の出城へ引き揚げた。

一方、立花方は優勢で戦ったが、中堅クラスの武士三十余人を失い、多数の負傷者を出した。この一日の戦いで、両家の死傷者は実に数百人に達し、鞍手地方最大の合戦となった。

小金原の戦いは、土地を奪われた西郷党の武士たちの宿怨《しゅくえん》から発したもので、予想外の合戦となったが、この戦いを引き起こして死んでいった若宮郷の武士たちが得たものは、あまりにも大きな犠牲だけだった。

『筑前国続風土記』は、「君命に背き、隣国との和を阻害し、私憤を以て罪なき多くの敵味方を殺傷させた事は大不忠、不仁の至り」と記している。

小金原古戦場跡は現在、西日本ファミリーランド、若宮ゴルフクラブのゴルフ場になっているが、その13番ホールに、この合戦で戦死した宗像家臣古野神九郎の墓が唯一残っている。

小金原古戦場に残る古野神九郎の墓

猫尾城址

猫《ねこ》尾《お》城《じょう》址《し》

南[イ]筑険崖猫[ロ]尾城
豊[ハ]兵乱入挙悲鳴
可哀娘子弑[ニ]親劔
回[ホ]想往時誰耐情

南筑《なんちく》の険崖《けんがい》　猫尾城《ねこおじょう》
豊兵乱入《ほうへいらんにゅう》して　悲鳴《ひめい》挙《あ》がる
哀《あわ》れむ可《べ》し娘子《じょうし》　親《おや》を弑《しい》するの劔《けん》
往時《おうじ》を回想《かいそう》すれば　誰《だれ》か情《じょう》に耐《た》えんや

語意

イ、筑後南部（福岡県八女地方）。ロ、八女市黒木町にある中世の山城。領主黒木氏の本城であった。標高二四〇メートルの調山《しらべ》（別名猫山）山上の険崖に築かれていた。別名を黒木城ともいう。ハ、豊後の大友軍。ニ、子が親を殺すこと。ホ、想いをめぐらせる。

詩意

筑後南部にある猫尾城は、険しい崖の山上に築かれた山城で、戦国末期、龍造寺氏に属する猫尾城は攻め寄せる大友軍が乱入して殺戮《さつりく》が行われ、城中から悲鳴が挙がった。

城主黒木家永は城兵と死力を尽くして戦ったが、力つきて十三歳の娘に介錯させて自害し猫尾城は落ちた。当時のこの傷ましい出来事を思うとき、誰が悲しまない者がいようか。

歴史考

天正十二年三月、肥前の強雄龍造寺隆信が、島原で島津義久の軍と戦って敗死すると、龍造寺家の老臣たちは合議して柳川城にいた鍋島直茂（当時は信生）を佐賀に移し、執政として家中の立て直しを委ねる。

一方、大友義統《よしむね》（宗麟の嫡子二十二代を継ぐ）も、龍造寺氏敗戦の虚をついて筑後の失地を奪回するため、衰退の状況の中で、豊後国内から七千余の軍勢をかき集めて筑後に進攻させた。同年七月、豊後軍は、玖珠《くす》・日田を経て生葉郡（現うきは市）に侵入、長岩城主の問註所統景《むねかげ》を案内として妹川《いもがわ》谷から北川内に進み、龍造寺方の黒木家永が守る猫尾城を包囲して攻撃態勢をとった。

城主家永は、当時龍造寺氏に嫡子を人質に出していたから、大友軍と戦うほかはなかった。龍造寺の方も黒木救援のため援兵数百人を送ってきた。黒木側は援兵を入れて約二千の軍勢となった。

城攻めは、ひと月余りに及んだが、家永はじめ城兵たちの勇戦で城は落ちなかった。大友軍の部将たちは、一部を除けばほとんど若年の将たちで、実戦の経験も浅く戦術面でも未熟であったことが攻略を遅らせていた。

こんな状況に業を煮やした義統は、筑前で原田、秋月らを相手に健闘中の立花城主、立花道雪と、宝満城主、高橋紹運の両将に応援加勢を命じた。歴戦の勇将で兵略に通じる両将は、今や大友家の切り札ともいえる存在で、両将の力を借りて一挙に攻め落とすことになった。

義統の命を受けた立花、高橋両将は、直ちに兵備を整えて太宰府に集結、軍議して八月十八日、高橋軍が先陣、立花軍が後陣となり、両軍合わせて四千余の軍勢で太宰府を出発して約十五里（約六〇キロ）先の黒木へ向かった。

両軍の通過する所は秋月、星野などの敵地であり、不時の敵襲に備えて警戒しながら行進、田主丸から石垣を過ぎた。幸い敵との交戦もなく、耳納連山の高峰鷹取山を越え、小野河内に下り、十九日、黒木領に入った。

両軍の到着で大友軍の士気は奮い立った。両将は猫尾城攻撃を前にして、その支城、高牟礼城を守る黒木の家老椿原《つばはら》式部に対して内応工作を進めた結果、二十四日、遂に開城し、城を守っていた龍造寺の援将土肥出雲《いずも》は逃れ去った。

両将は、大友軍と共にさらに周辺の諸城をつぎつぎに攻め落として猫尾城を孤立させた。すでに九月に入っていた。

七月以来、二カ月に及ぶ籠城は、すでに食糧、弾薬も欠乏、さらに水の手も断たれて城中に飢餓が迫っていた。

両将の指揮で攻撃はさらに激烈となり、九月五日未明、大友軍の総攻撃を受けた黒木家永は、城兵とともに死力を尽くして戦ったが、椿原式部が大友軍を誘導して本丸に突入、火を放ったので建物は火炎に包まれて焼け落ちた。

城主黒木家永の最期について、『毛利秀包記』（「山口県文書館所蔵」）によれば次のように記されている。

猫尾城趾の石垣（八女市黒木町木屋）

家永は数人の敵を斬り伏せながら、東隅の楼上に駆け上った。この時、家永の十三歳の娘も付き従っていたが、もはやこれまでと覚悟した家永は、切腹にとりかかり、側にいた娘に父の介錯をせよと命じた。

気丈な娘は、刀を振りかぶり父の首を斬り落とし、さらに駆け上ってきた敵一人を斬り、父の首と血刀を楼上から投げつけた。

戦国の世とはいえ、あまりにも凄絶で悲愴な、猫尾城の悲劇として胸に迫るものがある。

龍造寺隆信

龍造寺《りゅうぞうじ》隆信《たかのぶ》

龍氏[イ]勢威鳴五州[ロ]
梟雄[ハ]傲世極権謀
蒼氓[ニ]苦患鍾悲恨
一瞬輸贏[ホ]巨頭[ヘ]斃

龍氏《りゅうし》の勢威《せいい》　五州《ごしゅう》に鳴《な》る
梟雄《きょうゆう》世に傲《おご》り　権謀《けんぼう》を極《きわ》む
蒼氓《そうぼう》の苦患《くげん》　悲恨《ひこん》を鍾《あつ》む
一瞬《いっしゅん》の輸贏《ゆえい》　巨頭《きょとう》斃《たお》る

語意

イ、龍造寺氏。ロ、肥前、筑前西部、筑後、肥後北部、豊前一部の五国をさす。ハ、残忍で猛々しく強い人物、龍造寺隆信のこと。ニ、民衆。ホ、勝負。ヘ、龍造寺隆信をさす。

詩意

佐賀の戦国大名、龍造寺隆信の勢力は、全盛期には五国二島の太守と称されて鳴りひびいた。だが、猛々《たけだけ》しく強いばかりの彼は、仁愛に欠け、権勢におごり、相手を征服する策略のみに明けくれた。そのため戦禍を被った支配地の民衆は、苦しみ悩み、その悲しみや恨みを隆信は一身にあつめた。そのあげく勝てるはずの小勢の相手と戦い（沖田畷の戦い）、あっけなく一瞬に勝負が決まり、巨頭と目された彼は戦場で首を打たれて絶命した。

歴史考

肥前の戦国大名、龍造寺隆信は、享禄二年（一五二九）二月十五日、龍造寺周家《かねいえ》の子として、佐賀の水ヶ江城内で生まれた。母は周家の双《ふた》いとこにあたる慶誾《けいぎん》である。

隆信は少年期、仏門に入っていたが、当時から腕力と才気があり、逸話を残している。

天文十四年（一五四五）、父周家ほか龍造寺家一門の主だった者たちが、主家の少弐冬尚によって謀殺されるという悲劇にあう。

この事件後、彼は還俗《げんぞく》して胤信《たねのぶ》となのるが、翌年、家中相談のすえ、胤信を家督と決めて龍造寺家の当主の座にすえた。

胤信は、父や一族を殺した少弐氏や、それを支援する大友氏への恨みを忘れず、中国地方随一の戦国大名、大内義隆に通じて一字をもらい「隆信」となのる。時に二十二歳。猛将龍造寺隆信の誕生であった。

だが、隆信の当主権安定までには、大友氏に通じる老臣や諸城主らの反対勢力と戦わねばならなかった。そして一時は、城を追われ筑後へ落ちのびた。

柳川城主蒲池鑑盛《あきもり》は、城を追われた隆信主従に同情し、暖かい手を差しのべて彼らを領内に住ませ、食糧、衣類など与えて庇護した。

隆信は、佐賀の旧臣らと連絡をとり合い、帰国の機会を狙っていたが、天文十二年十月、遂に隆信を追放した大友派の老臣らを誅伐して佐賀城を奪回した。

その後、彼は勇猛ぶりを発揮し、しだいに勢力を伸ばしてゆく。

天文二十年九月、九州に多大な影響を与えていた中国の雄、大内義隆が家臣陶隆房《すえたかふさ》（のち晴賢《はるかた》）のクーデターによって自滅する。義隆の遺臣毛利元就は、大内の後継者として擡頭するが、陶が迎えた大内義長（大友義鎮（宗麟）の弟）を偽主と見なして政権打倒をはかり、弘治元年（一五五五）、安芸《あき》厳島《いつくしま》において陶晴賢の大軍を撃破し、晴賢を討って大勝。さらに二年後、大内義長を討って毛利の主権を内外に示した。

佐賀で勢力を付けてきた隆信は、その後、仇敵少弐与党の綾部、姉川、横武、江上、馬場、神代《くましろ》らの諸城をつぎつぎに降していった。その間、永禄二年（一五五九）には、遂に少弐冬尚の拠る盛福（勢福とも書く）寺城を攻めて冬尚を自害させた。鎌倉期以来、島津、大友とともに九州三人衆として知られた名家少弐氏はここに滅亡した。

仇敵少弐氏を滅ぼした隆信は、少弐の支援者大友への反抗姿勢をとり、大内の後継者となった毛利元就に通じて自立を強める。

隆信は、その後も国内の反抗分子らへの制圧を続けて滅亡させたり、家を乗っ奪《と》るなど容赦なく武力で弾圧し、凄まじい殺戮《さつりく》に明けくれ、近隣に恐怖と反感を抱かせる。蓮池《はすのいけ》城主小田鎮光もまた幸せな家庭生活を突然、隆信によって奪い取られた有力部将だったが、彼の仕打ちに反感を抱いて大友に通じるようになる。

　元亀元年（一五七〇）三月、当時、九州最大の勢力、豊後の大友宗麟は、肥前で反抗する龍造寺隆信を討つため出陣、高良山に本陣を置き、戸次、吉弘、臼杵らの部将たちが、三万の軍勢で肥前に攻め入り小勢の佐賀城を包囲した。龍造寺家にとって最大の危機であったが、隆信の義弟鍋島直茂（当時は信昌）らによる今山（佐賀市大和町）の敵本陣への決死の夜襲が効を奏し、宗麟の名代大友親貞を討ちとって大勝し、大友軍を敗走させた。

龍造寺隆信の墓（佐賀市・高伝寺）

　今山戦後、隆信の武威は上がり、杵島郡の後藤、平井らを降し、神崎郡の江上武種と和睦して隆信の次男を養子に入れ、江上の所領を手に入れてしまう。

　肥前一円の平定にのり出していた隆信は、西部の波多、伊万里、西郷、松浦、大村、有馬らに降礼をとらせ、天正六年春頃までには、ほぼ肥前国内を制圧した。

同六年十月、大友の日向敗戦後、隆信の勢威はさらに振るい、筑後、肥後、筑前へと武力をのばす。その頃から彼の奢りや非道ぶりが目立ち、権勢と酒色を享楽し、民衆は乖離《かいり》していった。

彼の残虐非道は、天正九年、かつて恩義をうけた柳川の蒲池氏一族を謀殺、その後、肥後の赤星統家《むねいえ》の人質として預った二人の子（十四歳と八歳の兄妹）を磔刑にして殺すなど、多くの恨みをかって人望を失っていった。

義弟鍋島直茂は、諸民の信頼を失う義兄隆信に対して「このような残酷な刑罰を続ければ諸人が離れてゆき、家の滅亡にもなりかねません」と言って、しばしば諫言した（『歴代鎮西志』）。この直茂の諫言にも耳をかさず隆信は却って彼を煙たがり柳川城へ移してしまう。

大友衰退後、今や島津とともに九州二強となった龍造寺隆信は、早晩、島津と雌雄を決しなければならなかった。

天正十二年三月十八日、隆信は島津に寝返った島原半島の有馬晴信（日之江城主）を討つため、肥・筑の兵三万余の大軍を率いて出陣する。龍造寺軍は、有馬を救援する島津家久との連合軍約五千と戦ったが、同二十四日、大敗して隆信は島原沖田畷（島原市）で討死した。享年五十六。

沖田畷古戦場

鉄騎（イ）龍旗（ロ）満戦場
眉山（ハ）麓野細畦長
双雄（ニ）激闘沖田畷（ホ）
万目蕭条（ヘ）己渺茫（ト）

沖田《おきた》畷《なわて》古戦場《こせんじょう》

鉄騎《てっき》龍旗《りゅうせい》　戦場《せんじょう》に満《み》つ
眉山《びざん》の麓野《ろくや》　細畦《さいけい》長《なが》し
双雄《そうゆう》激闘《げきとう》す　沖田《おきた》畷《なわて》
万目《まんもく》蕭条《しょうじょう》　已《すで》に渺茫《びょうぼう》

語意

イ、甲鎧をつけた騎兵。ロ、龍造寺軍の旗。ハ、雲仙岳前方の海側に聳え、島原市街を見おろす標高八一九メートルの山。ニ、島津と龍造寺の双方をさす。ホ、島原市にあり、島津、龍造寺の両雄が戦った古戦場。へ、もの寂しいさま。ト、遠くはるかなさま。

詩意

甲《かぶと》や鎧《よろい》を着けた騎乗の兵や龍造寺軍の旗じるしが、島原の戦場に満ちている。眉山《まゆやま》の麓に広がる原野には、細い畦《あぜ》道が長く続いていた。この畦道に連なる沖田畷は、戦国末期に島津、龍

なっている。

造寺両軍が激戦したところだが、古戦場は今、見渡す限り物さびしく、すでに遠くかすかに

歴史考

天正十二年（一五八四）三月十八日、〝肥前の熊〟と恐れられた龍造寺隆信は、島原半島日之江城（南島原市北有馬町）主、有馬晴信が、島津側に付いたことを怒り、有馬討伐のため自ら三万余の軍勢を率いて出陣した。

有馬氏は島原半島に本拠をもち、かつては小城郡《おぎ》（小城市）まで侵攻したほどの勢力があったが、隆信の出現によってかえって侵略され、ついに有馬義貞（晴信の父）は、和議を結んでその配下となった。義貞の娘（晴信の妹）は、政略によって龍造寺隆信の嫡子政家に嫁した。

天正四年、キリシタンであった義貞が死ぬと、二男晴信（長男義純は早世）が家を継いで日之江城主となった。

晴信もまた父と同じく受洗して、キリシタンとなり、ドン・プロタジオ（のちドン・ジョアン）の教名を受けている。晴信の入信によって、有馬領内のキリスト教徒が急増して、城下にはセミナリヨ（神学校）が建てられた。

天正十年、有馬晴信は洗礼を受けたヴァリニヤーノ神父の遣欧少年使節派遣に協力して、叔父大村純忠や、豊後の大友宗麟の両キリシタン大名とともに、四人の少年使節を遠いローマ法

王のもとに派遣した。

一方、龍造寺隆信は、キリシタンを嫌い、大村、有馬両氏にも圧迫を加えて苦しめていた。こんな状況の中で、晴信は龍造寺の支配から脱して、奪われた旧領地の奪回を考えていた。そして、龍造寺と対立する島津氏に援助を請い、その幕下に入る。

隆信は、晴信の謀叛を激怒して嫡子政家に有馬討伐を命じたが、政家にとって戦う相手が妻の実家なので、対戦をしぶり、熱が入らず一向に戦況は進展しなかった。

息子の優柔不断に業をにやした隆信は「婦家（妻の実家）のため戦に手加減するなど、武将にあるまじき振るまい」と立腹して、政家を退けて自ら出陣することになった。

有明海を渡った龍造寺軍は、同十二年三月十九日、島原半島北端の神代《こうじろ》海岸に上陸、それより南下して二十三日には、島原近郊に達した。

日之江城の有馬晴信は、龍造寺軍の来攻近しとみて、老人婦女子を避難させるとともに、すでに島津方に援助を要請して、その来援を待っていた。

島津義久は有馬救援のため、末弟家久を大将として新納、伊集院、鎌田、山田、川上らの部将らが率いる精鋭三千を島原に派遣、前年隆信に二子を殺され怒りに燃える肥後の赤星統家の一党も加わり、有馬に到着、直ちに作戦が開始された。

島津家久は有馬勢のほか軍を三手に分けて、決戦の場所を島原近郊に定めて、眉山の山麓、海岸に近く沼沢が多い地帯に敵大軍を誘いこんで、一挙に殲滅《せんめつ》し、敵本陣に迫り、大将龍造寺隆信の首を挙げる必殺の島津戦法が練られた。

一方、隆信は三手五陣の陣容で八千の軍勢を主力に配し、自分は旗本を率いて山手から攻撃する作戦であったが、高所から望むと敵勢があまりにも少数なのを見て侮り、合戦の日の未明、急に陣形を変更して自ら中央に廻る陣替えをして軍中を騒動させた。

三月二十四日早朝、隆信は全軍に進撃を命じ、まず有馬の支城、森岳城を落として、そのまま一気に有馬へ押しよせるつもりだった。彼は島津、有馬の主力は、あくまで本拠日之江か原城に待機しているものと考えていた。敵への情報蒐集にぬかりがあった。

ところが、島原に近づいた時、島津の旗印が動くのを見て驚く。すでに島津、有馬勢が佐賀勢への布陣を完了していたことを知らなかった。龍造寺軍は、そのまま隊列を変えずに島津の旗印目がけて襲いかかり、弱々しく引いて行く敵勢を追って狭い農道に殺到してきた。島津の「釣野伏《つりのぶせ》」の戦法にはまった。

待ち構えていた島津、有馬の銃が火を噴き、隆信の将太田兵衛の隊がバタバタと倒れ、隊長太田も戦死。それを助けようとする二陣も、左右が泥地で自由に動けず、後続部隊が後から押し上げてきて反転できず、しゃにむに前進するほかはなかった。そこを狙って銃弾が射ちこまれ、多くの兵が倒れていった。

結局、龍造寺軍は深田を挟んだ狭い一本道に誘いこまれて銃撃を受け、パニック状態となって潰滅した。

大将隆信は、沖田畷の戦場を逃れようとしたが、遂に島津の将川上忠堅に発見されて首を打たれた。隆信は当時、肥大漢で、馬に乗れず六人かつぎの駕籠にのって移動し、床几に掛けて指揮したという。

宣教師ルイス・フロイスは「沖田畷より三キロに至る平野に二千を超す屍《かばね》あり」と書翰で報告している。大友氏の耳川敗戦と同様に、龍造寺氏のこの沖田畷の敗戦は、その後の島津の独走態勢を許すこととなり、九州制覇へと前進させる。

およそ戦国大名で、戦場で首を討たれたのは、今川義元と龍造寺隆信の二人ぐらいであろう。敗戦後、鍋島直茂は龍造寺家中の要請をうけて執政として国政遂行の任に当たることになり柳川から佐賀へと移る。代わって柳川には龍造寺家晴が入城した。

島原市沖田畷にある龍造寺隆信戦死の碑

詠岩屋城址

戦雲漠漠[イ]掩孤城
麑旆[ロ]翩翻[ハ]迫喊声[ニ]
七百積骸[ホ]清碧血[ヘ]
千秋遺烈[ト]勇魂明

岩屋《いわや》城《じょう》址《し》を詠《えい》ず
戦雲《せんうん》漠漠《ばくばく》として　孤城《こじょう》を掩《おお》い
麑旆《げいはい》翩翻《へんはん》として　喊声《かんせい》迫《せま》る
七百の積骸《せきがい》　碧血《へっけつ》清《きよ》く
千秋《せんしゅう》の遺烈《いれつ》　勇魂《ゆうこん》明《あき》らかなり

語意

イ、ひろくてかすかな様子。ロ、鹿児島（薩摩＝島津）の旗。ハ、ひらひら風にひるがえる様。ニ、ときの声。ホ、積み重なった死骸。へ、濃い血。ト、後世に残る功績。

詩意

戦気をはらんだ雲は、広くかすかに孤城（孤立した城＝岩屋城をさす）を掩って、島津の旗がひらひらと風にひるがえり、ときの声をあげながら城へと迫る。

七百余の積み重なった城兵の死骸から流れでた濃い血は義に散った清らかなもので、末永く後世に残る功績と勇魂は明らかである。

歴史考

天正十四年（一五八六）、豊後のキリシタン大名大友宗麟は、九州制覇を目ざす薩摩の島津義久の圧迫から逃れるため、同年四月、上坂して大坂城で関白豊臣秀吉に謁見、島津の横暴を訴え、救援と島津討伐を歎願した。

秀吉にとって天下統一を進める上で、九州平定は必然のことだったから、宗麟の上訴を受け入れ、来春、自ら島津征伐に出馬することを約し、その上で九州の大名たちに「御教書」をもって服従するように勧告した。

この勧告に、豊後の大友宗麟、義統父子や、筑前の高橋紹運、立花統虎《むねとら》（のち宗茂）らは、いち早く従い、肥前の鍋島直茂らも秀吉への協力姿勢を示したが、鎌倉期いらいの伝統と勢威を誇る薩摩の島津義久は、秀吉の勧告を一蹴。軍備を増強して反抗姿勢をとり、関白軍西下の前に、九州制覇の実現を目ざして豊後と北九州両方面への軍事行動を起こす。

天正十四年七月、南九州の覇者島津義久は、一族島津忠長をはじめ伊集院忠棟《ただむね》、野村忠敦《ただあつ》らの将たちに命じて、大軍をもって筑前に進攻させた。筑後川を渡った島津の主力は、関白方に寝返った筑紫広門《ひろかど》の居城勝尾城（鳥栖市牛原町）を一気に攻め落とし、同月十二日には太宰府周辺に達した。その軍容は九州七カ国から動員した約五万の大軍で、岩屋城が第一攻撃目標となった。

一方、岩屋城は旧大友氏の属城だったが、主家の大友宗麟、義統父子が関白の家人となったので、城主高橋紹運と、立花城（糟屋郡新宮町）を守る実子立花統虎もその配下に入った。統虎は、これより前、立花城主、立花道雪（本姓戸次鑑連）の一人娘誾《ぎん》千《ち》代《よ》の聟養子として立花家に入り、のちに立花宗茂となのる。義父道雪は、この前年に死去している。

岩屋城は、太宰府の街を見おろす四王寺山（四一四メートル）の中腹に築かれた戦国期の山城だが、もともと宝満城（太宰府市）の支城であった。城主（将）高橋紹運は、信義を重んじて節操を大切にする清廉な武将であった。彼は、日ごろ部下を愛して労《いた》わり、励ましたので、部下から慕われて信頼が厚く、上下の絆は強く結ばれていた。

紹運は、岩屋城が宝満、立花両城の前衛として、敵の最初の攻撃目標となることを予知して、島津軍来攻前に周到な戦略を練り、山中の要所要所に堡塁を築かせ、壕を掘り逆茂木を立てるなど防備の施策をした。また、城兵の各持ち場を定めて武器、弾薬を備えさせ、すでに臨戦態勢に入っていた。彼は、家族はじめ老幼婦女子らを太宰府の奥の宝満城（当時、筑紫・高橋両家の相城となっていた）に移し、部下を付けて筑紫の兵と協同で守らせた。

一方、立花城を守る統虎は、父紹運に、立花に避難することを勧めるが、紹運は、あくまで岩屋で戦う決意を示し、統虎に後事を託して永別を伝えた。

紹運の戦略は、城兵七百余を団結させて最大限の戦力となし、あらゆる奇策を用いて敵を引きつけ、この城で半月あまり支えて敵勢三千余を討てば、たとえ落城しても、島津軍は立花城へは直ぐには攻めかかれず、そのうちに必ず関白の援軍が到着して統虎は運を開くことができると確信してのことだった。

島津の軍将は開戦前、使者を派遣して降伏開城を勧告するが、紹運は、これをきっぱり拒否して応戦の覚悟を示す。

七月十四日、遂に城への攻撃が始まった。「終日終夜、鉄砲の音やむ時なく、士卒のおめき叫ぶこえ、大地も響くばかりなり」(『筑前国続風記』)。

城将高橋紹運はじめ、城兵は一丸となって戦った。士気旺盛で紹運の絶妙な戦術のもとに一糸乱れぬ行動をとり、群がる敵を銃撃。釣り石、大木を落下させては寄せ手を薙《な》ぎ倒した。炎暑の中、熾烈な戦闘が続いた。

あまりの犠牲者続出に、たまりかねた島津側は、再び軍使を遣わして、有利な和議条件を示し、衰運の大友家を捨てて島津につくことを勧めた。

紹運は、これに対し「主家盛んなる時は忠節を励む者は多いが、主家衰えたる時にこそ忠節を尽くすのが真の武士である。貴殿たちも島津衰亡の時になって主を捨てんとされるや、武士たる者、節義を守らぬは禽獣と何ら変わるところなし」(『西国盛衰記』)と答えた。

武士の節義を説く紹運に、使者は返す言葉もなく帰っていった。激戦十日余になっても、こんな小城を落とすことができない。軍将たちは焦慮し、紹運の兵術に驚嘆して容易ならざる相手と知った。もはや出血覚悟で攻め落とすほかはないと最後の総攻撃を命じた。

七月二十七日、早朝から島津軍は猛攻を開始、死闘を展開する。城兵は激しい疲労も気力で立ち向かい各持ち場で戦った。だが、新手をつぎつぎに投入して攻め寄せる大勢の敵に討たれて、各陣が破られ激闘八時間のすえ、大手門に敵勢が進入、守備していた将兵は全員戦死した。『西藩野史』によれば紹運は、本丸にあって指揮をとり、数珠を片手に経を唱えて死者を弔い、手負いの者には薬を与えて励ましていたが、敵が本丸近くまで迫ってきたので、自ら旗本を率いて突入、大長刀を振るって群がる敵兵を斬り倒した。城兵最後の死闘は壮絶を極め、髪ふり乱して敵中に斬りこんで行く姿は凄惨なものだったという。

城兵の死に物狂いの抵抗で、寄せ手はひるんで後退した。残兵わずか五十余人になり、大半は負傷し、紹運も身に数カ所の傷を負っていた。彼は最期の時が迫ってきたことを知ると、残った部下たちに今までの奮闘に感謝し、厚く礼を言って別れを告げ、高楼に上り潔く自害して果てた。時に三十九歳。

辞世に「流れての末《すえ》の世《よ》遠く埋《うず》もれぬ名をや岩屋の苔《こけ》の下水《したみず》」が残された。

主将の最期を見とどけた城兵たちは、いっせいに念仏を唱えて腹を突き、あるいは互いに刺しちがえて全員自決を遂げた。

この総自決の壮絶な光景は、島津将兵の足を竦《すく》ませ、その場に近づけなかったという。

岩屋城は、主将高橋紹運以下、七百六十三名の全員玉砕により落城したが、島津側の死傷者は実に四千五百余を数える甚大なものだった。そのため宝満城は降したが、関白軍の接近を知り、立花城攻略を断念して筑前から撤退していった。

紹運は小勢をもって大敵に立ち向かい、島津氏の九州制覇の企図を砕き、平和の先駆けとなって秀吉の天下統一に貢献した。翌天正十五年、秀吉は島津を降して九州平定後、高橋紹運の長男、立花統虎を筑後四郡十三万二千石（うち三池郡は弟統増に分与）の大名に列し、柳川城主に任じて亡き紹運の功に報いた。統虎はのちに立花宗茂となのる。高橋紹運によって近世柳川藩が生まれたといっても過言ではない。

「嗚呼壮烈岩屋城址」の碑（太宰府市観世）

鶴崎懐古

鶴崎懐古《つるさきかいこ》

[イ]鶴崎城頭迫[ロ]甲兵
[ハ]薩軍何恐[ニ]女豪声
[ホ]乙津河畔晴仇恨
[ヘ]敗将空眠異境情

鶴崎城頭《つるさきじょうとう》　甲兵《こうへい》迫《せま》る
薩軍《さつぐん》何《なん》ぞ恐《おそ》れん　女豪《じょごう》の声《こえ》
乙津河畔《おとつかはん》　仇恨《きゅうこん》を晴《は》らす
敗将《はいしょう》空《むな》しく眠《ねむ》る　異境《いきょう》の情《じょう》

語意

イ、豊後鶴崎（現在の大分市鶴崎）にあった戦国時代の城のほとり。ロ、かぶとを着けた兵たち。ハ、薩摩（島津）軍。ニ、豪勇の女性（女将吉岡妙林のこと）。ホ、鶴崎の街近くを流れて別府湾に注ぐ。ヘ、敗死した島津の将。

詩意

鶴崎城のほとりには、武装した兵たちが迫ってくる。攻めよせる薩摩軍を前にして、これを少しも恐れぬ豪胆な女将の声がとぶ。

そして、女将指揮のもとに乙津川の川べりで、遂に薩摩の将兵多数を討ち果して、恨みを晴らした。敗死した島津の二人の武将の墓はこの地にあり、異境の地で眠っている彼らは、どんな思いでいるだろうか。

歴史考

耳川の戦いで大友氏に大勝した薩摩の島津氏は、八年後の天正十四年（一五八六）十月、ついに大友の本拠、豊後への占領作戦を開始する。

島津義弘は肥後口、弟家久は日向口の二方面から豊後領に侵攻、同年十二月、大友宗麟が籠る臼杵の丹生島城（臼杵城）を攻め、別軍の伊集院美作守、野村備中守、白浜周防守の三将が率いる三千余の軍勢は府内に近い鶴崎城へ向かった。

当時、城主の吉岡統増は、家中の武士を率いて主君宗麟の丹生島城に入っていた。統増の母妙林は、四十歳前後であったが、女性には珍しく智勇にすぐれ、息子不在の城を守るため奇想天外の戦略を立てる。彼女は耳川戦で夫吉岡鎮興が戦死したので、尼となっていたが、薩摩への恨みは忘れていなかった。

妙林は、薩軍来襲を予知して、すでにわずかの家士や、近郷の農漁民、役に立つ婦女子らを城中に集めて敵と戦う決意を示して作戦を教示し、家士に命じて銃撃の仕方を教えこませていた。城中は、みんな彼女を信頼して服従した。

鶴崎城は、別府湾に注ぐ大野川と乙津川の三角洲に築かれた平城であったが、地形上、長期籠城ができず攻められ易く、落城度の高い城だった。

妙林は城の外郭を補強し、堀をV字形の底の狭い薬研《やげん》堀にして柵《さく》を築き、各所に落し穴を掘り、その上を平に均《なら》して敵に分からないようにした。また、矢表に銃を並べて発射できるようにした。妙林は、これだけのことを短時日にやってのけた。

十二月十二日、遂に島津軍が城下に入ってきた。女将妙林は、着込みの上に陣羽織を着て、鉢巻きをしめ長刀を携えて城中を見廻り、声を飛ばして一同を励ましては指揮した。

薩将たちは、守将が女であることを知り、また城の状況を見て、一挙に踏み潰そうと攻めかかった。ところが、前を進んでいた兵たちが突然消えて、あちこちで悲鳴が起こった。「落とし穴」に気づいて後続が恐れて浮足立ったところを城内から銃弾が撃ちこまれ、死傷者が続出、命からがら退却した。

初戦で懲《こ》りた寄せ手は、牛馬を先頭に追い立てて用心深く進むと、彼らの鈍い行動はたちまち標的となり、銃撃を浴びて倒れていった。

薩軍の攻撃は続いたが、妙林の絶妙な戦術に翻弄《ほんろう》されて城は不落であった。しかし、日が経つにつれ、食糧、弾薬も乏しくなり、戦い続けることは困難になった。『両豊記』は、家臣の徳丸式部が妙林に降伏を勧めたところ、彼女は激怒して「汝《なんじ》（お前）は日本一の不覚者ぞ、命をこの城に捨てるからには、百倍の敵とても恐れるにたらず、汝の如き大臆病者は、敵の手にかかるより自分の手に掛けてやる」と言った。徳丸は赤面し、失言を詫びて彼女の前を去ったと記している。

一方、占領を急ぐ島津側も、これ以上の犠牲者を出さずに城方と和議を結ぶため、使者を遣わして妙林に和睦を勧めた。彼女は、素直にそれに従った。心中には、すでに秘策がこめられていた。

薩将たちは、女将の素直な開城を喜んで彼女のために屋敷や食糧を与え、城兵、侍女らにも寛容を示して和睦の行動をとり、占領下の交流が始まった。

妙林は、今までの凛とした女将とはうって変わり、ひとりの女に戻った。年増の熟《う》れた姿態に、薩将は、これが我らを散々な目にあわせた尼かと目を疑った。

彼女は彼らを屋敷に招いては、酒肴をそろえ、美女たちに酌をさせてもてなした。遠く薩摩を離れ異境で過す薩将たちにとって妙林らとの宴《うたげ》の一刻は、占領地の厳しさも忘れさせ彼らの心を蕩《とろ》かしてしまう。

だが、彼らの悦楽に浸った夢は、間もなく破られる。翌天正十五年三月、豊臣秀吉の九州平定作戦が開始されたからである。

豊後を占領していた島津軍は急いで撤退を始め、鶴崎駐屯軍にも引き揚げ命令が出た。慌ただしい帰国準備の中で、薩将の一人野村備中守が妙林のもとを訪れた。「今日、ここを引き揚げるが、妙林どのを薩摩へ連れて行きたいと思っている。いかがなされるか」と言った。

妙林は「私は主家大友に背き、島津の人たちと親しくなり、貴殿らが去れば私もここにはいられません。どうか侍女も一緒におつれください」と、涙を浮かべて哀願する。野村は大いに喜び、彼女に馬、駕籠を用意するようにした。

門出祝いの酒を飲んで立ち上る野村に妙林は「今から出立の用意をしますので、ひと足遅れますが、乙津川の所でお会いしましょう」と、笑をふくんで送り出した。薩将が帰ったあと、妙林の指令を受けて武装した家士たちが集まってきた。「今こそ家族の仇を討つときである。全員一丸となって敵にあたれ」と言って励まし、家士数十名を先行させて道筋の藪陰に伏せさせ、農民たちにも襲撃の手筈をさせて配置した。

伊集院美作守、白浜周防守の墓
（東厳寺、大分市鶴崎）

一方、鶴崎城を発った島津の隊列は、野村備中守が殿軍《しんがり》となって乙津川に添って進んだ。この時、突如、藪陰から武装の一団が襲いかかった。島津の兵たちは思わぬ伏兵に驚き狼狽してパニック状態になり、次々に討たれていった。

しかし、多勢の島津軍は勢いをもり返して小勢の吉岡勢を攻め、乙津川の岸、寺司浜で激戦となった。薩将、伊集院美作守はここで討死、また、白浜周防守も徳丸式部の放った矢に射通されて絶命した。寺司浜には島津の多くの屍体が横たわった。現在、同地には地蔵尊が安置され、地元の供養をうけている。

三将のうち残った野村備中守は、渡河中、流れ矢に当たり深傷を負い落ちのびたが、日向の高城まで辿りついて遂に果てたという。

大分市鶴崎にある吉岡妙林像

高城は奇しくも妙林の夫吉岡鎮興が戦死した場所だった。妙林は亡夫の恨みをやっと晴らした。妙林は敵の首六十三級を宗麟のもとに送った。敗死した伊集院、白浜両将の二つの墓は、鶴崎の東厳寺にあるが、望郷の思いを表わすように鹿児島の方を向いて並んで建っている。

立花宗茂

立花宗茂《たちばなむねしげ》

以寡崩多常制先（イ）
両府重用志逾堅（ロ）
清簾貫節貽功業（ハ）
高義遺芳威徳伝（ニ）

寡《か》を以《もっ》て多《た》を崩《くず》し　常《つね》に先《さき》を制《せい》す
両府《りようふ》に重用《ちようよう》され　志《こころざし》逾《いよいよ》堅《かた》し
清簾節《せいれんせつ》を貫《つらぬ》き　功業《こうぎよう》を貽《のこ》す
高義《こうぎ》の遺芳《いほう》　威徳《いとく》を伝《つと》う

語意

イ、小勢をもって大勢を破る。ロ、豊臣、徳川の両政府。ハ、心が清く私欲のないさま。ニ、高い道義。ホ、威光と恩徳。

詩意

戦略に優れた武将立花宗茂は、小勢をもって大勢の大敵を破り、常に機先を制して戦った。天下統一を果たした豊臣秀吉と、跡を継いだ徳川家康の両政府に、それぞれ重く用いられるが、これに報いる彼の奉公の志はいよいよ堅くなる。

宗茂は、心が清く私欲がない人物で、武士の節操を最後まで守り、多くの功績をのこした。彼の高い道義は死後に残した名声とともに威光と恩徳を伝えている。

歴史考

「彼のなすところを以て、これを我になせば、すなわち克《か》たざることなし」

『名将言行録』にある初代柳川藩主立花宗茂の言葉だが、「相手がしようと思っていることを、こちらが先にしてしまへば勝つことができる」という意味で、常に機先を制し、小勢で大敵と戦って多くの武功を立てた勇将宗茂の兵略と処世方針を表わしている。

宗茂は天性、武略に優《すぐ》れていたが、彼の資質は実父高橋紹運《じょううん》（本姓吉弘鎮理《よしひろしげまさ》）と、養父立花道雪《どうせつ》（本姓戸次鑑連《べつぎあきつら》）の薫陶によるところが大きい。宗茂にとって、この両父の存在は、彼の人間形成に大きな影響を与えている。両父は、ともに豊後の国主、大友氏の支族で、当時、九州最大の勢力、大友義鎮（宗麟）の部将であった。

紹運と道雪は、同時期ごろ大友領国の筑前に赴任した。紹運は太宰府を中心に三笠郡一円を治め、宝満山の城を本城に、四王寺山中腹の岩屋城を支城としたが、道雪の方は、糟屋郡の立花山城を本城として、商都博多を管轄し、年若い紹運と協力して主家のために忠誠を尽くす。

この両将は、共に優秀な指揮官で、とくに年長の道雪は武功抜群の歴戦の勇将であった。一方、紹運も先輩道雪のように日ごろから部下を大切にして、辛苦をともにし、部下から慕われる清廉《せいれん》な武将であった。

天正六年、それまで九州一の勢威を誇っていた大友家は、日向で島津氏に敗戦し、その後、衰退してゆく。これを機に筑前の城主たちは、大友から離反しはじめる。

この間、少年期の宗茂（当時、弥七郎）は、城主の跡とりとして期待され、父紹運から戦乱の世に立つ厳しい教育をうけ武技に励んだ。彼は父に似て肩幅広く、眼光炯々《けいけい》として非凡の相があったという。

立花、高橋両家は、互いに協力し合って衰運の大友家のために節義を守って奮闘するが、この両将の武門の生き方に少年宗茂の武将としての精神が培われてゆく。

天正九年、紹運は十五歳の長男宗茂（当時は統虎）を立花道雪の、ひとり娘誾千代《ぎんちよ》の聟《むこ》養子として立花家に入らせる。乱世にあって嫡男を他家へ出すことに苦慮するが、主家のため誠忠ひと筋の道雪のたび重なる懇願を受けてこれを承諾した。また、勇将道雪には、すでに宗茂の非凡な資質を見通していたからである。

こうして立花家の養子となった宗茂は、その後、立花姓をなのるようになるが、養父の道雪は娘聟といって甘やかしはせず、スパルタ教育で鍛えあげる。宗茂の兵略は一戦ごとに進歩した。

だが、宗茂は家つきの一人娘であった妻誾千代のプライド高い勝気な性格に反《そ》りが合わず、子もなくしだいに溝が生じて後に別居する。

天正十二年八月、立花・高橋両将は、兵を率いて筑後に出陣し、黒木・柳川・久留米周辺に転戦して龍造寺軍と戦う。宗茂は道雪の命で立花城の留守を守っていたが、この時、秋月種実の軍勢が攻めよせてきた。当時十八歳の宗茂は少しも恐れず、敵陣を奇襲、痛撃して遂に敗走させた。

しかし、筑後で戦っていた養父立花道雪は、翌天正十三年九月、北野の陣中で病没、七十三歳の生涯を閉じた。宗茂は道雪の遺骸を立花に護送させ、山麓の梅岳寺に埋葬した。

翌同十四年（一五八六）七月、九州制覇を目ざす島津義久の部将たちが率いるおよそ五万の大軍が、高橋紹運が守る筑前岩屋城に攻めよせてきた。

城将高橋紹運は、七百余の城兵を指揮して半月余に及ぶ壮絶な死闘を展開、島津軍に大打撃を与えて全員玉砕して城は落ちた。

島津軍は、さらに宗茂の弟統増《むねます》らが守る宝満山の城を開城させ、統増夫婦や紹運夫人らを捕えて拉致《らち》し、立花城にも降伏を勧告する。

宗茂は、これを一蹴、断固戦う決意を家中に示して応戦態勢をとる。

島津側は、岩屋城での大損害に懲りて、立花城には有利な条件を出して開城を勧めるが、宗茂は、すべてこれをはねつけた。

その頃、関白秀吉麾下《きか》の毛利軍が立花城救援に向かっていた。関白軍接近の情報で、島津軍は立花城の攻撃を断念して全軍に撤退を命じ、肥後方面に退却する。この時、宗茂はこれを急追して敵の後尾軍を痛撃して戦果を挙げた。

宗茂は、さらに島津方の星野吉実《よしざね》、吉兼《よしかね》兄弟が守る高鳥居城（糟屋郡須恵町及び篠栗町）を攻め落とした。星野兄弟の首は、箱崎近くの堅粕村の地に葬られたが、のちに吉実塚と言っていたのが、いつしか吉塚と呼ぶようになり、地名になったという。現在、福岡県庁所在地の博多区吉塚である。

宗茂は高鳥居攻略後、つづいて秋月の兵が守備する宝満、岩屋両城を奪回して、紹運はじめ戦没将兵の霊に報いた。秀吉は彼の抜群の軍功に対して、「九州之一物（九州一の人物）」と言って激賞した（『立花家文書』）。

翌、天正十五年、関白秀吉は反抗していた島津義久を降して九州平定後、諸侯への国割りを行い、宗茂を筑後四郡、十三万二千石（うち三池一郡を弟統増に分与させる）の大名に列し、柳川（古名柳河）城主とした。大友一族の中で大名に列したのは、立花宗茂だけである。

その後、彼は弟統増（のち直次）とともに、筑後で新しい国造りに励むが、文禄元年（一五九二）秀吉による朝鮮の役が起こり、宗茂は兵を率いて出征、前後六年間を異国の地で戦った。この在陣中、宗茂は明国の大軍に包囲されて危機にあった加藤清正の軍を救援したことで、以来二人は固い友情で結ばれた。

慶長三年（一五九八）、秀吉が死去すると、外地から諸軍が帰還してきた。宗茂も兵を従えて柳川に帰国した。時に三十二歳であった。

慶長五年の関ヶ原合戦では、宗茂は盟友加藤清正から東軍徳川方につくようにとの勧めも断って、義のため豊臣方の西軍に付く。だが、敗戦して彼は領地没収され、家臣は離散した。宗茂は、清正の仲介で開城し城を去る。

宗茂が去った柳川城には、西軍の首謀者、石田三成を捕えた功で、田中吉政が城主となって入った。

一介の浪人となった宗茂は、しばらく盟友清正の許に身をよせていたが、やがて清正と別れて二十余人の従者をつれて流浪しながら江戸へ上った。途中、困窮苦難するが、逆境にあっても彼ら主従の絆は固く結ばれていた。

一方、宗茂流浪中の慶長七年に誾千代は、三十四歳で病死した。

やがて宗茂主従の苦労も終わりを告げる。宗茂ほどの人材を徳川家康、秀忠父子は、野に放っておかなかった。いったんは敵対したが、彼の実直な人柄や、軍略に秀でた抜群の器量は、徳川政権にとっても必要な人材だった。彼は、江戸城に召し出され、

立花宗茂像（柳川・福厳寺蔵）

大番頭の要職に登用されて五千石の俸禄を受けることになり、弟直次（旧名統増）も常陸《ひたち》柿岡での所領五千石を給された。

その後、宗茂、直次兄弟は、大阪の陣でも活躍し、忠誠をもって仕えたので、幕府の信頼を得てしだいに加増されていった。

元和六年（一六二〇）十一月、宗茂は田中氏改易の跡をうけて、遂に柳川十一万石余の領主として、二十年ぶりに旧地に返り咲いた。

彼はその後、継室を迎えたが、これにも子ができなかったので、弟直次の四男を嗣子にした。これが二代藩主、立花忠茂である。

宗茂は、たとえ不利でも節義を守り、大友を奉ずれば、大友への忠義を貫き、秀吉に従えば秀吉に最善の努力を尽くし、いったん徳川に仕えれば、これまた忠誠一筋に仕えるというのが、宗茂のありのままの姿であった。

晩年の宗茂は、剃髪して立斎と号したが、寛永十九年（一六四二）十一月二十五日、七十五歳で波瀾の生涯を終えた。遺骸は、江戸下谷の広徳寺に葬られたが、のちに柳川福厳寺に改葬された。

岡城主志賀親次

妖氛イ危満覆岡城ロ
豊薩ハ攻防叱咤ニ声
志賀ホ忠魂遺烈ヘ在
太閤ト嘆賞鎮西チ鳴

岡城主《おかじょうしゅ》志《し》賀《が》親次《ちかつぐ》

妖氛《ようふん》危《き》満《み》ちて　岡城《おかじょう》を覆《おお》う
豊薩《ほうさつ》の攻防《こうぼう》　叱咤《しった》の声《こえ》
志賀《しが》の忠魂《ちゅうこん》　遺烈《いれつ》在《あ》り
太閤嘆賞《たいこうたんしょう》して　鎮西《ちんぜい》に鳴《な》る

語意

イ、あやしい気配。不吉な気配。ロ、大分県竹田市にある中世の山城。ハ、豊後（大友）、薩摩（島津）をさす。ニ、大声でしかり、また励ますこと。ホ、戦国末期の岡城主、志賀親次。ヘ、後世に残る功績。ト、豊臣秀吉。チ、九州。

詩意

妖しげな不吉な気配が、岡城を覆い、攻めよせる薩（島津）軍と、守る豊（大友）軍との攻防戦が始まり、守将志賀親次の叱り励ます声がした。島津の大軍を撃退した親次の主家大友氏に対する忠義な魂は、後世までも功績を残した。
太閤秀吉は、志賀の抜群の手柄を激賞したので、親次の名は九州に知れわたった。

歴史考

中世の典型的山城である豊後竹田の岡城は、その歴史が伝えているように大変古い城である。文治元年（一一八五）、緒方惟栄《これよし》が源義経を豊後に迎えるために築いたという。

その後、南北朝期の豊後守護大友氏の一族志賀氏が、城を新たに築いて以来、岡城は志賀氏の本城となって二六〇年間続いた。

その志賀氏二百六十年の終わりに近い天正十四年（一五八六）、当主は十七代、志賀親次《ちかつぐ》で、当時十八歳であった。彼の名を一躍有名にする豊薩戦争が起きたのは、同年十二月であった。

それまで志賀氏の宗家である大友家は、大友義鑑（二十代）、義鎮（二十一代宗麟）父子の戦国期に、勢力を伸ばし、とくに義鎮の代で九州六カ国を領する戦国大々名となった。

義鎮は、後に宗麟と号したが、晩年、キリスト教信仰に傾斜したため、家中間に亀裂を生じる。そして宗麟の子義統の代で秀吉から改易されて没落するが、その大友全盛期を支えたのが、親次の祖父親守《ちかもり》、父親度《ちかのり》で、加判衆（家老）として大友家臣団の中でも一、二を占める地位にあった。

戦国志賀家の掉尾《とうび》を飾る英傑として現われた親次は、十七歳で入信し、ドン・パウロの教名を持つ熱心なキリシタンであった。彼の入信には、家族の猛反対があったが、若いドン・パウロは、いちど決めたことは迷うことなく、物事を徹底して行う人物であったから、主家の大友宗麟に次いで、豊後キリシタンの中で、代表的存在となった。

大友家は、宗麟の代で全盛を極めたが、天正六年、日向で島津と戦って大敗後、一転して衰退し、宗麟・義統父子は島津の圧迫から逃れるため、天下統一を進める関白豊臣秀吉に上訴して救援を乞い、幕下となった。

一方、勝運に乗る島津義久は、関白秀吉の和平勧告を蹴り、その来援を察知して関白軍の九州上陸前に、宗麟父子の本拠、豊後を一挙に占領するため、肥後口から義久の次弟義弘、三弟歳久兄弟が、二万五千の軍勢を率いて直入郡から竹田の津賀牟礼城に入って本陣を布いた。一方、日向口からは、義久の末弟家久が一万余の軍で、梓《あずさ》峠を越えて豊後領に侵入、三重郷の松尾山に陣を布き府内を目ざして両面作戦を開始した。

津賀牟礼城の入田宗和《にゅうたそうわ》や、日向口の朝日嶽城を守る柴田紹安らは島津に通じて豊後侵入の先導となり、多くの部将たちが島津側に寝返る中に、岡城の志賀親次、鶴ヶ城の利光宗魚《としみつそうぎょ》、栂牟礼城の佐伯惟定《これさだ》らは、主家への忠誠を誓い島津軍と戦う。

特に、岡城は島津義弘の大軍を引き受けて城将志賀親次以下、わずか千人余で応戦する。標高三二五メートル、城の眼下を流れる白滝川が天然の濠となり、四面絶壁、深い底は地獄を思わせるほど、急峻の下に隠れていた。

攻城軍を率いる島津義弘は、それまでの戦で負け知らずの勇将であった。ヤソ教嫌いの彼は、異教徒の親次を血祭りにして、岡城を攻め落とそうとしていた。また兵たちも小勢で守るこの城を呑んでかかり、戦勝気分で白滝川を渡っていった。

彼らの渡河するのを息をひそめて待ち構えていた城兵たちの銃口が、轟然といっせいに火を噴き、島津の兵を薙ぎ倒した。今まで呆気なく降伏した大友方の城とちがい、予想外の抵抗にあって死傷者続出。次の日の夜襲にも失敗。

さらに三回目の攻撃は、大軍を三つに分け、三方面から同時に敢行したが、どの場所にも城の伏兵が銃を構えて近づけず、突撃すればするほど犠牲者を増やすばかり。

年若い守将、志賀親次の用兵の妙に、さすがの島津軍も唖然となり、この岡城が力づくでは落ちない城とはじめて知った。常勝の将、義弘に誤算と屈辱を味わあせ、作戦変更を余儀なくさせた。義弘は、岡城をそのままにして、友軍に合流するため府内への進撃を急がねばならなかった。

わずか千人足らずの小勢で、島津大軍の三度にわたる猛攻を見事にかわして勝利を収め、島津兄弟の中でも勇猛をもって鳴る義弘も、遂に岡城攻めを断念、兵を撤退させていった。

一方、大友家の総領、大友義統は、府内南方の戸次川で来援の四国勢とともに、島津家久（末弟）の軍と戦って大敗し、府内を捨てて豊前に逃れたので、義統、親次主従の世評の差は歴然として、志賀親次の名をいっそう際立たせた。

岡城趾（大分県竹田市）

九州入りした秀吉は、親次の抜群の戦功を讃えて感状を与え、その奮戦を激賞した。秀吉九州平定の中で、大友氏族の立花宗茂と、志賀親次の威烈は、青史に残るものであった。なお、岡城は志賀氏の後、中川氏が城主となったが、その後、明治維新まで続く。

城址に登れば、一大パノラマの光景が広がり、その一隅に「荒城の月」作曲者、瀧簾太郎の銅像が、名曲のイメージを生んだ栄枯の相《すがた》に思いを馳せるかのように古城の雰囲気の中に建っている。

岸岳城址　岸岳城址《きしだけじょうし》

岸《イ》岳城墟白《ロ》日昏
波《ハ》多盛衰已無痕
憐《ニ》君流《ホ》謫故《ヘ》園想
一夢春秋荊《ト》草繁

岸岳城墟《きしだけじょうきょ》　白日昏《はくじつくら》し
波多《はた》の盛衰《せいすい》　已《すで》に痕《あと》無《な》し
憐《あわれ》む君《きみ》が流謫《るたく》　故園《こえん》の想《おも》い
一夢《いちむ》春秋《しゅんじゅう》　荊草繁《けいそうしげ》る

語意

イ、（鬼子岳とも書く）唐津市北波多にある波多氏の本拠であった中世の山城（標高三二〇メートル）。ロ、白昼でもくらい。ハ、上松浦党の頭領、波多氏。ニ、岸岳城主、波多《はた》三河《みかわ》守親《かみちかし》のこと。ホ、罪により遠方に流される。（流刑）へ、故郷への想い。ト、いばらの草。

詩意

岸岳城墟（跡）は、昼でも昏い雰囲気である。この城の城主であった波多氏は、上松浦党の頭領として、中世期にこの地方で勢威を振るい、盛衰をくり返したが、すでに痕もない。

戦国最後の城主であった波多三河守親（鎮とも書く）は、秀吉の怒りにふれて改易され、遠く常陸《ひたち》筑波《つくば》（茨城県つくば市）に流刑となった。彼は配所から望郷の思いに駆られたことだろう。すべて一夢のような世の移り変わりの中に、城跡には空しく、いばらの草が繁っている。

岸岳城趾二の丸切り通し（唐津市北波多）

歴史考

岸岳城は、上松浦地方（唐津市を含む旧松浦郡一帯）を、長期にわたって支配した上松浦党の頭領波多氏の本拠であった。

「松浦党」の名は、源平の壇の浦合戦や、元寇役の奮戦、南北朝期には、小弐氏らと足利尊氏を助けて活躍。室町期の「倭寇」の名のもとに海族衆として跳梁《ちょうりょう》したが、戦国期に入って大内・大友・龍造寺氏らの大勢力に呑まれて衰退する。その興亡の歴史は『吾妻鏡』『平家物語』『太平記』などの史書にも記されている。

その党組織は、「松浦四十八党」といわれ、独特の連帯意識で合議を図り、松浦源氏の者は、一字名を原則とするなど、他に見られない特異な武士集団を形成、海、陸両面においても強固な結束を以て行動し、一大親族関係のような絆をもった。

　中でも、波多、伊万里、佐志、山代、草野の五氏を「上松浦五家」と称し、有田、田平《たびら》、佐々、御厨《みくりや》、志佐、吉田、大島、宇久の八氏を「下松浦八家」と呼び、松浦党の中心勢力であった。

　波多氏は、初祖 源 久《みなもとのひさし》（渡辺綱の曾孫）の二男持《たもつ》が波多郷（現在の唐津市北波多一帯）に入って波多氏をなのり、岸岳を本拠にして勢力を築いていった。

　持から数えて十四代目ともいわれる鎮《しげし》（のち親に改名）は、戦国末期の岸岳城主であったが、当時、龍造寺隆信の猛威のまえに和を図って従属を誓った。

　天正四年、波多三河守は、有馬、伊万里、有田氏らと組んで隆信に反抗するが、岸岳城を攻められて再び和を請い服従した。隆信は三河守の反逆を怒ったが、上松浦の中心的存在である波多氏を無視できず、むしろこれを懐柔し、龍造寺家の楯として上松浦の安定を図るため当時、後家の身で佐賀城に暮らしていた娘安子（先代当主胤栄《たねみつ》の娘。父胤栄の死後、母が隆信と再婚したため隆信の義理の娘となる）を、政略に利用、波多家と婚姻を結ぶ。

　一方、三河守も妻を亡くして子もいなかったので、隆信にとって娘の再婚先としては絶好の相手であった。

　波多家に嫁いだ安子は、温和でしかも美貌で知られていた。政略によって結ばれた両人であったが、時が経つにつれ、いつしか互いに信じ合える夫婦になっていた。彼女は「秀の前」と呼ばれるようになった。だが、夫婦の間には実子がいなかったので、隆信の孫を貰いうけて跡目とし両家の絆を深めた。

当時、九州の情勢は、それまで最強だった大友氏が衰え、島津と龍造寺の両氏が、南北をほぼ二分する勢力で対立していた。

天正十二年春、隆信は島原半島の有馬晴信が島津側に寝返ったことを激怒して自ら出陣する。島原沖田畷（島原市）において有馬救援の島津軍と戦って大敗し、戦場の露と消えた。

この時、三河守は実家の有馬と、妻秀の前の義父隆信への加勢について板挟みになるが、結局出兵せずに終わった。

隆信の死後、龍造寺家は嫡子政家が当主となったが、その実権は、しだいに鍋島直茂（隆信の義弟）に移ってゆく。

一方、薩摩の島津義久は、龍造寺隆信を敗死させた後、九州制覇を目ざして突き進む。そのため衰運の大友氏は、島津の圧迫から逃れるため、上坂して天下統一を進める豊臣秀吉に救助を乞い、幕下となった。

天正十五年三月、秀吉の九州平定作戦が始まり、緒戦で筑前の秋月種実を降し高良《こうら》山（久留米市）において各地の領主たちが謁見したが、波多の参陣が遅れた。同年五月、島津義久が降伏して秀吉の平定は終わるが、結局、三河守は秀吉の出兵命令に反し、島津戦には一兵も出さなかった。彼は秀吉から当然、非協力者の烙印を押されることになった。

天正二十年三月、文禄の役が起こり、名護屋本陣に向かう太閤秀吉を博多まで大小名たちが出迎えたが、三河守はまたもや時間に遅れてしまい、秀吉の不興をかう。この時は、鍋島直茂が縁つづきの秀の前の夫三河守をかばってやったので、直接の咎《とが》めはなかったが、さらに秀吉の印象を悪くした。

文禄の役では、波多三河守は、鍋島直茂軍に配属され七百余の部下を率いて出陣した。だが、彼は滞陣中に重大な軍法を犯す。

三河守は、無断で陣を離れ、大名と同じ陣構えをしたという。彼には北松浦の頭領だった誇りと、龍造寺の家臣筋だった鍋島の配下にされた屈辱が、異境の戦陣にきてせめて諸侯なみの陣構えをとりたかったのであろう。しかしそれは、軍律に背くことであり、秀吉への反逆となる。

文禄三年（一五九四）、朝鮮国との講和が結ばれ、諸軍の引揚げが始まり三河守も海を渡って帰国してくる。

だが、彼は領地、名護屋の港への上陸を許されず、黒田長政から船上で秀吉の命が伝えられた。三河守は所領を没収され、身柄を徳川家に預けるという厳しい内容であった。

『甫庵太閤記』には、数カ条の罪状が記されているが、主なものは軍律違反で、処断は避けられなかった。秀吉の波多氏改易は、すでに三河守在陣中に計画されていて、その所領地唐津は、秀吉の側近、寺沢志摩守広高に与えられていた。

その後、波多三河守は常陸筑波（現つくば市）に流刑となった。供は家臣三名だけが許された。彼が配所から妻秀の前に送ったという書簡が、『松浦古事記』に記されているが、遠い筑波の地から妻子への切々の思いを伝えている。

三河守は、文禄三年三月九日、四十二歳で筑波で没した（『松浦古事記』）。一方、残された妻の秀の前は、仏門に入り、名も妙安と改め、寛永元年七月、七十九歳で、この世を去ったという『（妙安寺記』）。

岸岳城跡からは、眼下北方に松浦川を望み、さらにその先に玄界灘が広がり、海の彼方から松浦党の海の武士たちの喊声が聞こえてくるようだ。波多氏興亡の歴史を秘め、〝岸岳末孫の祟《たた》り〟の悲話を伝える岸岳は、恩讐すべて一夢のように今日も悠然と聳えている。

訪日之江城址

日《ひ》之《の》江《え》城《じょう》址《し》を訪《と》う

[イ]日之江跡暗牽愁
[ロ]有馬興亡往事悠
万恨末消[ハ]余涕涙
風悲丘上一天秋

日《ひ》之《の》江《え》城《じょう》の跡　暗《あん》に愁《うれ》いを牽《ひ》く
有《あり》馬《ま》の興亡《こうぼう》　往事《おうじ》悠《はる》かなり
万恨《ばんこん》末《いま》だ消《しょう》せず　涕涙《ているい》を余《あま》す
風《かぜ》は悲《かな》し丘上《きゅうじょう》　一天《いってん》の秋《あき》

語意

イ、日野江とも書く、長崎県南島原市北有馬町に在り、中世の山城で有馬氏の本城。ロ、島原半島に勢力を築いた有馬氏興亡の歴史。ハ、戦国末期の城主、有馬晴信の悲運を表わす。

詩意

戦国有馬氏の本城であった日之江城址には、人知れず愁いをひくものがある。有馬氏興亡の昔の事は悠《はる》かで、悲運の大名有馬晴信の多くの恨みは末だ消えずに涙のあとを残している。吹く風は悲しく丘上に立てば、空全体が秋である。

歴史考

肥前有馬氏は、天慶《てんぎょう》の乱（九四一年）で討伐された藤原純友の裔という。鎌倉時代には、地頭として島原半島高来郡のうち、有馬・串山・深江など諸郷を領し、南北朝期には南朝方に付いて日之江城を築いて居城とした。その後、室町、戦国期に入り、八代貴純《たかずみ》のころ高来《たかき》郡を支配。さらに藤津、杵島《きしま》両郡を掌握して急速に勢力を広げ、近くに原城（島原の乱で一揆勢の本拠となった）を築き、肥前最強の戦国大名となった。

貴純の孫晴純《はるずみ》（仙巌と号す）の代までは、依然、勢力を保持していたが、佐賀の龍造寺隆信の出現によって晴純の嫡子義貞は、永禄五年（一五六二）、隆信と小城《おぎ》郡丹坂《たんざか》に戦って敗れ、藤津・杵島郡から撤退、高来一郡のみとなり、島原半島に閉塞状態となった。

こんな状況の中で晴純が死去、義貞もまた、元亀元年（一五七〇）、嫡子義純に家督を譲り引退するが、病弱の義純は翌年、二十一歳で早世した。この義純の跡を継ぐのが、弟の晴信《はるのぶ》である。有馬家十三代の家督を継いだ晴信は、永禄十年（一五六七）、日之江城で生まれた。初名は鎮純《しげずみ》、その後、鎮貴《しげたか》などの名を変えたのち晴信となのる。

天正八年（一五八〇）晴信は、口之津《くちのつ》（長崎県南島原市）において宣教師ヴァリニャーノ神父から洗礼を受け、ドン・プロタジオの教名を得たが、後にドン・ジョアンとなのった。彼の妻も受洗したが、早世したので、その後、ジュスタというキリシタンの女性と再婚する。

晴信の入信により、有馬領内はキリシタンが増え、日之江城下にはセミナリヨ（神学校）が建てられた。晴信は、龍造寺隆信の脅威を受けてはいたが、晴信の妹が隆信の嫡子政家の室であったから、表面での平和を維持していた。この間、晴信の信仰は深化していった。

天正十年、有馬晴信は、大村純忠、大友宗麟の両キリシタン大名とともに、四人の少年使節を遠いローマ法王のもとへ派遣、世紀の壮挙を成し遂げた。

一方、龍造寺隆信は、キリスト教を嫌い、絶えず圧迫の姿勢をとり続けていた。彼は、肥前国内を手中に収め、さらに筑後へ攻め入り蒲池・田尻らの有力領主らを降して、肥後北部へ侵攻。一方、薩摩の島津義久もまた、肥後国内に進出して両者は対立する。

その頃、晴信は、龍造寺の支配から脱して、隆信から侵奪された旧領地の奪回を企図していた。そのため薩摩の島津義久に援助を乞い、その傘下に入った。

隆信は、晴信の変心に激怒して息子の政家に有馬討伐を命じたが、政家は妻の実家を討つことをためらって一向に進展しなかった。業をにやした隆信は、政家に代わって自ら出陣することを決め、天正十二年三月十九日、大軍を率いて有明海を渡り、一路、有馬の居城日之江に向かって進撃する。

だが、龍造寺軍は、有馬を救援する島津家久が率いる三千の決死隊に行く手を阻まれ、同二十四日、島原近郊沖田畷の隘路《あいろ》に誘いこまれ、猛射を浴びて多くの犠牲者を出し、大将龍造寺隆信も島津の兵によって首を挙げられ、潰滅的大敗を喫した。晴信は、この戦いで隆信への怨みを晴らすことができた。

戦勝後、島津の勢いは強大となって九州をおおい、豊後一国の大友の衰勢では、もはや太刀うちできず、天正十四年四月、遂に大友宗麟の秀吉への上訴となって島津征伐が実現。翌十五年六月、秀吉の九州平定が終わる。

晴信は、秀吉に臣従を誓って島原四万石の本領を認められた。だが、間もなく秀吉の宣教師らへのバテレン追放令が出され、長崎を公領とし、有馬領の浦上も直轄地となり、有馬氏の貿易の実権は絶たれてしまう。秀吉の禁教令後も晴信は、バテレンたちを潜伏させて布教を許し、彼らを保護した。その後、秀吉による朝鮮の役が起こると、彼は、二千の兵を率いて出征、小西行長の軍に属して異国の地で前後七年間を過したが、秀吉の死去によって諸軍と共に帰国した。

慶長五年（一六〇〇）の関ヶ原合戦では、晴信は東軍徳川方に属して、同じキリシタン大名で、西軍の小西行長の宇土城を攻めて徳川に忠誠を示したので、本領島原四万石を安堵され、嫡子直純は家康の側近に勤仕することになった。

慶長十四年、晴信は家康から南蛮品購入の命を受けた。当時、彼は幕府の朱印状を得て貿易活動をしていたから、この命を受けると、長崎奉行と相談して、同年二月、船を仕立てて出航させた。ところが、この船の乗員たちが、マカオで、ポルトガル船員らに金品を強奪され、五人が殺害されるという事件が起きた。

晴信は、逃げ帰ってきた者たちの知らせを聞き、これを家康に報告し、ポルトガル船討ち取りの許可を受け、同国船の来航を密かに狙っていた。同年十月、ポルトガル船マードレ・デウス号が長崎に入港した。

晴信は、直ちに兵船を率いてポルトガル船を襲い、放火して焼き沈めてしまった。彼は事件後、東上して家康に謁見し、異国船撃沈の件を報告した。家康は晴信の功を賞して、手づから刀を与えて褒詞を贈った。

だが、キリスト教会側では、ポルトガル船沈没に対して晴信の行為を批難した。さらに事件後、家康の曾孫国姫と、晴信の嫡子直純との婚儀が結ばれ、直純はキリシタンの妻を離縁して国姫を迎えたことも、怒りの輪を広げた。

晴信が、この婚儀にキリシタンとして反対しなかったのは、この機会に龍造寺から奪われた旧領地回復の期待があったといわれるが、それらの土地は今は鍋島領となっていた。だが、晴信の失われた土地への執着は胸中にたぎっていた。

そんな時、彼の前にキリシタンの岡本大八《だいはち》が現われる。大八は、家康の重臣本多《ほんだ》上野介《こうずけのすけ》正純《まさずみ》の家来で、晴信が旧領回復を熱望していることを知り、デウス号撃沈の功として晴信に旧領地加増の内示が主人本多正純にあったと、ありもしない話を捏造《ねつぞう》して彼に告げた。

晴信は念願が叶えられると感激して、大八に謝礼を贈り、彼から運動資金を要求されて白銀六千両を渡した。だが、一年経っても何の沙汰もなく、不審を抱いた晴信は直接彼の主人本多忠純にかけ合った。ここで初めて大八の金品詐取や文書偽造のことが発覚し、彼は直ちに投獄され、その後、安部川の辺りで磔《はりつけ》刑に処せられた。

幕府は晴信に対しても、領地没収のうえ、甲斐（山梨県）都留《つる》郡谷村城主、鳥居《とりい》土佐守《とさのかみ》成次《なりつぐ》の領地に配流という厳しい処置を下した。慶長十七年（一六一二）五月六日、有馬晴信は幕命によって死罪を言い渡され四十六歳（西欧側資料では五十一歳）の生涯を終えた。

日之江城趾に残る石垣（南島原市北有馬町）

晴信の子直純は、事件に関知していなかったということで、罪を問われずそのまま島原四万石を継承した。幕府は、この年にキリスト教への禁教令を発して弾圧にのり出す。

直純は島原領内のキリシタンの根絶を図るが、教徒の結束は固く信仰の火は深く燃えていた。幕府は効果があがらぬ島原領の有馬直純を、日向延岡に移したが、その後、有馬氏を越前丸岡（福井県丸岡市）へ国替えしている。有馬氏の本城であった日之江城址に立てば、興亡の跡が偲ばれ、遠く甲斐国で無念の思いで死んでいった晴信の涙のあとを感じる。

延陵懐古　延陵懐古《えんりょうかいこ》

大蔵威光掩筑豊
香春岳戦尽孤忠
閤恩受領延陵地
開拓遺芳今有功

大蔵《おおくら》の威光《いこう》　筑豊《ちくほう》を掩《おお》い
香春岳《かわらたけ》の戦《たたか》い　孤忠《こちゅう》を尽《つ》くす
閤恩領《こうおんりょう》を受《う》く　延陵《えんりょう》の地《ち》
開拓《かいたく》の遺芳《いほう》　今《いま》に功《こう》有《あ》り

語意

イ、王朝以来の名族大蔵氏（原田、秋月、高橋、田尻氏らをいう）。ロ、嘉穂・鞍手・田川の三郡に跨がる北九州地帯。ハ、筑豊の要害香春岳の戦い。ニ、香春岳城主、高橋元種が、孤立した中で、太閤（秀吉）軍と戦ったこと。ホ、太閤から領地を与えられた恩。へ、現在の宮崎県延岡市、延陵は延岡地方を指す。ト、後世に残る名誉。

詩意

名門大蔵氏の威光は、筑豊地方を掩っている。天正十四年冬、太閤秀吉による九州平定の前哨戦として行われた香春岳の戦いは、島津方についた城主高橋元種が小勢を率いて太閤軍を相手に血戦をくり広げたが、援軍のない孤立状態となり圧倒的大軍のまえに遂に降伏した。

秀吉は、緒戦での寛容を示して元種を赦《ゆる》し、島津討伐後の国割りで、日向延岡（宮崎県延岡市）に封じた。元種は、太閤の恩義を思い、入封後、城を整備し町を開拓するなど治世にとりくんだ。彼によって現在の延岡市の基礎ができた。元種の後世に残る立派な仕事は、今に至っても彼の功績を伝えている。

歴史考

帰化氏族といわれる大蔵氏は、天慶四年（九四一）、藤原純友討伐に功を立てた大蔵春実が九州に移り、その子孫は原田・秋月・高橋・田尻・江上らの氏姓に分かれ、北部九州の有力国人として発展する。

中でも、筑前秋月の古処山城（福岡県朝倉市秋月）主、秋月種実は、戦国末期にかけて北九州最大の勢力を保持していた。

弘治三年（一五五七）、種実の父、秋月種方は、毛利元就に通じて大友義鎮（宗麟）に反抗し、討伐されて戦死、落城の憂き目にあう。種実は、父の死後、毛利氏をたよって逃れ、元就の庇護のもとで成長、永禄四年（一五六一）頃までに毛利の支援によって古処山城を奪回して復帰する。

その後、彼の活躍は目ざましく、徹底的に大友氏に反抗する。この種実を助けて協力するのが宝満城主の高橋鑑種である。鑑種は、大友の支族、一万田家の出であるが、主君大友宗麟の命で筑紫の名家、大蔵一門の高橋氏を継ぎ、太宰府一円を統轄する宝満山城の城督（有力城主の軍事的呼称）となるが、間もなく毛利に通じて主家大友氏に反逆、秋月種実と結んで筑前大蔵党の結束を強める。

この種実の二男秋月元種がのちに高橋鑑種の養子となり高橋元種となのる。すなわち本詩「延陵懐古」の主人公である。大蔵一門の特色は、「種」の字をいずれも名の通字としている。

天正六年以後、九州最強だった大友氏が衰退すると、俄然、薩摩の島津氏が勢力を伸ばし、九州制覇を目ざして対抗する肥前の龍造寺氏を破り、九州覇者の座をほぼ掌中に収めようとしていた。その頃、筑前、豊前北部の豊筑地帯では、秋月氏一門の勢力が強く、龍造寺氏敗退後は、島津氏と結んで、残存する大友氏の城を攻撃する。

一方、全国統一を図る豊臣秀吉は、大友宗麟、義統父子の上訴を受けて、島津義久に和平勧告する。だが、島津側はこれを一蹴、秀吉への対抗姿勢をとり、北伐を開始、筑前の原田信種、秋月種実や、種実の二男・高橋元種、同三男・長野種信らの大蔵党を味方にして豊臣勢力と対決する。

天正十四年秋、秀吉配下の毛利、吉川、小早川、黒田の諸軍が豊筑に入り、島津方の高橋元種が守る小倉、障子岳の両城を攻略、元種の本城香春岳城をとり囲んだ。

十一月二十日、香春岳城への攻撃が開始され、秀吉軍は元種が構築した十数カ所の砦を突破、三の岳の山頂を占領した。だが、冬季に入った香春岳三山の攻略は容易でなく攻撃は難渋した。元種は三の岳は落ちたが、なお天険にたよって二の岳から本城周辺の防禦を固め、その後、徹底抗戦で二十日間に及ぶ抵抗を続ける。

秀吉先遣軍は、その威信にかけても城の攻略を急がねばならなかった。緒戦の失敗は秀吉の九州経略に大きな影響を与えることになる。まして、香春岳戦中の十二月初め、豊後救援に秀吉が派遣した仙石、長宗我部らの四国勢が、戸次川で島津軍に敗れているので、香春岳攻略は何がなんでも成功させねばならなかった。

十二月十一日、全軍総攻撃が始まり、攻撃軍は圧倒的火器、物量をもって高橋勢を猛攻し、本城に迫った。元種は城兵を指揮して勇戦したが、援軍もなく、秀吉軍の火器には歯が立たず、遂に本城を落とされて降伏した。『黒田家譜』には、香春岳落城を記した十二月二十二日付の秀吉書状が記されている。

高橋元種は、父秋月種実や養父高橋鑑種とともに仇敵大友への遺恨から島津側に付いて秀吉への反抗を余儀なくされたが、それは、かつての支援者、毛利氏一門と戦わなければならない皮肉な巡り合わせであった。

翌天正十五年六月、秀吉は島津を降して九州平定を終えると、国割りを行い、高橋元種を日向の県《あがた》（延岡市一帯）五万石余の大名に封じ、兄秋月種長に財部《たからべ》（高鍋）三万石を与えて九州

延岡城趾

の北から南へ移動させた。元種この時、十八歳。

秀吉は、香春岳で頑強に抵抗した元種を赦した。秋月と同様に名門大蔵氏の血筋を絶やすに忍びなかったからと思われる。また緒戦での寛大な処置が、その後の九州経営に有利との判断に立ったからである。

元種は、文禄の朝鮮役には秀吉の命で六百の兵を率いて出陣、その後、慶長二年（一五九七）にも再び従軍して前後五年間を外地で過した。

慶長三年、豊臣秀吉が死去して二年後に、関ヶ原戦が起こり、元種は兄秋月種長や縁戚の相良長毎《さがらながつね》（人吉城主）らと西軍豊臣方に属して出陣するが、途中で東軍徳川方に寝返り危く本領を安堵された。

元種は、その後、本格的に延岡城の築城にかかり、城下町を設計、城下防衛の見地から要所に寺院を配置した。彼は秀吉による延岡移封の時、香春岳城下から真宗派の寺僧を連れてきて寺を開山させている。元種は、領内に真宗の寺院を多く建てさせ、領民の教化にあたらせたという。

謁石垣原吉弘公墓　石垣原《いしがきばる》吉弘公《よしひろこう》の墓《はか》に謁《えつ》す

慶[イ]長史蹟石垣[ロ]原
大[ハ]友黒[ニ]田兵馬痕
壮絶吉[ホ]弘留義勇
英魂欲弔謁墳門

慶長《けいちょう》の史蹟《しせき》　石垣原《いしがきばる》
大友《おおとも》黒田《くろだ》　兵馬《へいば》の痕《あと》
壮絶《そうぜつ》吉弘《よしひろ》　義勇《ぎゆう》を留《とど》む
英魂《えいこん》を弔《とむ》らわんと欲《ほっ》し　墳門《ふんもん》に謁《えつ》す

語意

イ、慶長五年（一六〇〇）関が原戦の魁《さきがけ》として行われた石垣原の古戦場跡をいう。ロ、別府湾を望む扇山（七九二メートル）東麓の原野で開墾の時、石が多かったので石垣を築いたことから起こった地名。ハ、大友吉統（宗麟の子）。ニ、黒田如水。ホ、大友の将吉弘《よしひろ》加《か》兵《へ》衛《え》統幸《むねゆき》。へ、墓。

詩意

慶長年間の古戦場史蹟地である別府市石垣原は、大友吉統と、黒田如水の両軍が戦った場所である。石垣原合戦での吉弘統幸の壮絶な奮戦と最期は、今も彼の義勇を留めている。彼のすぐれた霊魂を弔うため墓前にまみえている。

歴史考

天正十五年（一五八七）、豊臣秀吉は、九州平定後、大友宗麟死後の豊後一国を子の義統《よしむね》（翌天正十六年、吉統と改名）に安堵した。

秀吉は全国統一後、さらに無謀な朝鮮役を起こして、大名たちに出陣命令を発した。豊後の大友吉統も命令を受け、軍勢を率いて渡海し、異境の地で戦った。ところが彼は、この従軍中に軍律に違反する行為をした。

秀吉は、これを重くみて吉統を内地に召還し、豊後国を没収、彼の身柄を毛利輝元に預け、さらに常陸《ひたち》（茨城県）の佐竹義宣《さたけよしのぶ》の領地、水戸《みと》（水戸市）に移した。

吉統改易後の豊後は、秀吉の九人の家来に分与されたが、秀吉は、外戦中の慶長三年（一五九八）に病死した。

吉統は翌年、豊臣政権の実力者であった徳川家康の恩赦の計らいによって許された。

慶長五年、豊臣政権の後継者争いが起こり、東の徳川方に対し、西の豊臣方は石田三成が、秀吉の遺児秀頼を擁してこれに対抗。両方からの抱きこみ工作が行われた。

豊後の前国主、大友吉統も、東西からの強い参加要請を受けていた。彼は嫡子能乗《よしのぶ》を徳川家に勤仕させていた関係で、家康側に付こうとして密かに徳川方の黒田如水と話し合ったり、旧臣たちと連絡をとり合っていた。

とくに、如水は官兵衛孝高となのっていた当時、秀吉の軍監として早くから九州入りして大友氏を援助していたので、宗麟、吉統父子とは旧知の仲だった。九州役後、黒田孝高は豊前六郡十二万石余の大名となるが、朝鮮の役では軍監の任務につく。だが、秀吉幕僚の石田三成と意見が合わず三成は秀吉へ讒訴する。

孝高は秀吉の勘気にふれて帰国を命じられて謹慎処分になる。彼は剃髪して「如水円清」と号した。秀吉は、如水、長政父子のそれまでの軍功に免じて処罰をとり止めた。その後、黒田父子は三成への反感を強く抱いていた。

慶長五年六月、徳川家康は兵を率いて会津（福島県）上杉景勝の討伐に向かう。景勝は、三成と組んで徳川打倒の行動をとっていた。三成らは遂に家康の会津出兵の留守を突いて挙兵した。一方、軍略家の如水は、中津にいて東西の情報を集め、周辺の郷士、浪人たちを召し抱えて軍備を増強していた。彼は、次期政権が徳川家康のものになることを予測し、子長政とともに家康への協力姿勢を示していた。

一方、大友吉統は、嫡子能乗が徳川家に仕えていることや、また如水との関係を思い、徳川方に付こうとしていたが、大坂方の実力者、毛利輝元によって方針をくつがえされてしまう。輝元もまた秀吉の命で一時、吉統の身柄を山口で預ったことがあり、旧知の仲だったから吉統を豊臣方に引き入れようと熱心に勧誘する。

大友家は、かつては九州六カ国の守護だった名家であり、豊後国内には、まだ旧臣、血縁者らが多く残っていた。毛利輝元は、これを西軍の戦力に加えるため、徳川方に先んじて吉統に舟、援兵、軍資金を与えて豊後で挙兵するようにと説得した。吉統は、帰国したい一心から遂に豊後での決起を誓う。

西軍参加の吉統には、豊臣秀頼からの豊後再封の命と、武器、軍資金などが与えられ、大坂方の垣見《かきみ》一直《かずなお》、熊谷直陳《くまがいなおのぶ》らの豊後七人衆や豊前小倉の毛利勝信と協力して南北からの黒田攻略の任務が与えられた。

慶長五年九月初め、吉統は周防（山口県）の港から豊後へ向けて海路帰国の途についた。一方、吉統の旧臣で豪勇で知られた吉弘加兵衛統幸は、主人吉統改易後、従弟《いとこ》の筑後柳川城主、立花宗茂のもとに身を寄せ、二千石を給されていたが、風雲急を告げる天下の情勢を察し、江戸にいる吉統の嫡子能乗の許に赴くため、小倉から乗船し、海路東上していた。

彼はその途中、上関《かみのせき》（山口県熊毛郡）で、豊後へ向かう吉統と出会った。旧主に会った統幸は、彼の西軍加担に強く反対、嫡子能乗が徳川家に仕えていることや、東軍有利の形勢を述べ、大友家再興のため、ぜひとも徳川に協力するようにと熱誠をもって説いた。

だが、統幸の大友家を思う諫言も、吉統の心をひるがえすことができなかった。もはや説得のすべを失った統幸は、この上は、ただいさぎよく旧主吉統に殉じる覚悟を決めて豊後へ同行した。

吉統らは、九月九日夜、別府浜脇に着いた。旧国主の帰国を聞いて旧臣らが続々と集まってきた。宗麟時代からの重臣だった田原紹忍や、宗像掃部《むなかたかもん》らが連絡をうけて駆けつけてきた。吉統は帰国後、立石村（別府市立石、杉の井ホテルの近く）に陣を取り、豊後復帰を呼びかけたので、たちまち二千余の兵数となった。また、これに呼応して、富来の垣見一直、安岐の熊谷直陳、府内の早川長敏、臼杵の太田一吉、佐伯の毛利高政らがいっせいに挙兵した。

一方、如水は、三千の兵を率いて中津を発ち、大坂方の竹中重隆が守る高田城を攻略。吉統の将宗像掃部らが攻囲していた東軍側の木付城を救援して大友軍を退却させた。木付の城将松井らは黒田軍を誘導して九月十二日、別府に入り、石垣原の北にある実相寺山に布陣。如水は、その西方の角《かく》（加来）殿《どの》山に本陣を置いた。

如水は、開戦前にも使者を遣わして、吉統に無用な戦いを止め、徳川方の為に働くようにと諫めて翻意を促した（『古郷物語』）。

だが、吉統はこれに応じず、開戦へと突入する。

九月十三日早朝、右翼の将吉弘統幸は吉統の出撃命令を受け、今日の決戦で討死を覚悟し、決別の挨拶をしたのち石垣原へ向かった。一方、黒田軍も母里太兵衛率いる一陣が、吉弘隊に対し早くも戦端を開いた。しかし、境川の線で吉弘統幸の猛攻を受けて敗退。黒田二陣の将久野治左衛門は、奮激して勇敢に吉弘陣を攻め立てた。

吉弘統幸の墓（別府市石垣西）

これを救援しようとした左翼の将宗像掃部は、敵と交戦中に戦死。この激戦の中で、黒田方は久野・曽我部の両将が戦死して黒田陣は混乱した。

この時まで、じっと待機していた黒田の将井上九郎右衛門ら三将が指揮する三陣が、大友軍に猛然と攻めかかった。兵数の少ない大友方は、疲労しながらも必死に支えていた。

勇将吉弘統幸は、朝からの白兵戦で敵十三人を倒し、身に数カ所負傷していたが、敵将井上九郎右衛門と遭遇、死闘のすえ、遂に井上の槍先を受けて壮絶な最期を遂げた。統幸の従者たちは一歩も退かず彼に殉じたという。主力であった統幸の死で大友軍は壊滅。敗兵たちは離散した。吉弘加兵衛統幸、時に三十八歳。合戦の前夜、彼が残した次の辞世がある。

明日は誰《だ》が草むす屍《かばね》照らすらん石垣原の今日の月影

統幸の墓は、戦死地とされる石垣西の吉弘神社の裏手にある。

敗軍の大友吉統は、九月十五日早朝、剃髪して母里太兵衛の陣に出向いて降伏を申しでた『黒田家譜』。

吉統が降伏したこの日は、関ヶ原決戦の当日で、如水や統幸が言ったように東軍徳川方の勝利で終わったが、同時に大友家滅亡の日でもあった。戦後、吉統の身柄は江戸へ送られ、のち常陸の宍戸《ししど》に移されたが、彼は五年後の慶長十年七月十九日、四十八歳でこの世を去った。

展宇賀古祠

宇賀《うが》の古祠《こし》に展《てん》す

[イ]山国川陲[ロ]宇賀祠
[ハ]天正惨劇使人悲
可憐娘子鎮魂処
逝水滔々懐往時

山国《やまくに》の川陲《せんすい》　宇賀《うが》の祠《し》
天正《てんしょう》の惨劇《さんげき》　人《ひと》をして悲《かな》しましむ
憐《あわれ》むべし娘子《じょうし》　鎮魂《ちんこん》の処《ところ》
逝水《せいすい》滔々《とうとう》　往時《おうじ》を懐《おも》う

語意

イ、山国川のほとり。ロ、宇賀神社（中津市小犬丸）。ハ、天正十六年春、黒田氏による宇都宮氏の女子たちに対する処刑。

詩意

中津市を流れる山国川のほとりに、宇賀神社の古い社《やしろ》がある。天正十六年（一五八八）春、黒田氏によって処刑された宇都宮氏の娘たちの霊魂が鎮まっている所である。若い命を散らされた彼女たちを人は悲しむだろう。川の水が流れ去るように時が経ち、過ぎ去った昔の出来事を思っている。

歴史考

豊前宇都宮《うつのみや》氏は、下野国《しもつけのくに》（栃木県）宇都宮氏の一族で、鎌倉時代の文治元年（一一八五）、宇都宮信房が、源頼朝の命で、豊前地頭となって下向、城井郷《きいごう》に城を築いたのが始まりという。別伝では、信房は最初、神楽城《かぐら》（京都郡犀川町）に入り、その後、本庄城（築上郡築城町）、さらに大平城に移って、城井上城《きいのこう》を詰め城にしたといわれる。

豊前の地は、東に周防灘が広がり、西は英彦山、犬ヵ岳など山岳が連なり、山と海との対象が鮮明である。豊前最大の豪族だった宇都宮氏は、城井郷に拠った城井宇都宮氏を主流として、佐田、広津、野仲、友枝、山田、西郷らの支族が、京都《みやこ》、築上、上毛《こうげ》（以上福岡県）、下毛《しもけ》、仲津、宇佐（以上大分県）の豊前中南部に、地頭または有力名主クラスの国人、郡士として根づいた。

戦国期に入り、十七代、宇都宮長房（長甫）は、大友、毛利両勢力の狭間の中で揺れるが、弘治二年（一五五六）以来、大友に属して城井谷の要害を固め、豊前宇都宮党の中心勢力を維持していた。

永禄年間（一五五八－一五六九）中頃、長房は家督を嫡子鎮房《しげふさ》に譲って隠居した。十八代目を継いだ鎮房は、天文五年（一五三六）生まれであったから、当主となった時は二十七、八歳だった。彼は、中務少輔《なかつかさしょうゆう》（一説に民部少輔）と称した。鎮房の妻は大友家の出であったといが、当時、大友宗麟は九州最大の勢力を誇っていたから、鎮房の婚姻は大友家との政略によるものだったと考えられ、彼の「鎮」の一字も義鎮（宗麟）の一字を受けて従属関係にあったことを示している。その後元亀二年（一五七一）に、嫡子朝房《ともふさ》が誕生している。

天正六年（一五七八）、大友宗麟、義統父子は、宿敵島津義久との戦いに敗れ、以後衰退する。一方、島津の勢いは強大となって肥前の龍造寺隆信を破り、大友父子を圧迫しながら九州征覇を目ざす。

天正十五年四月、関白秀吉は、自ら大軍を率いて反抗する島津、秋月らへの討伐を開始した。関白軍の猛攻で、まず筑前最大勢力の秋月種実が降伏した。

宇都宮鎮房、朝房父子は、はじめ秋月とともに島津側についていた。朝房の妻は、秋月種実の娘であった。同年五月、薩摩の島津義久が降伏して秀吉の九州平定は終わったが、島津降伏後の宇都宮父子の立場は微妙であった。

鎮房は、九州役において秀吉から出兵を命じられていたが、病《やまい》と称して出陣せず、子朝房を代理にしてわずかな人数で参加させた。

また、秀吉滞在中も病気を理由に挨拶に出向こうとしなかったといわれる。やがて秀吉の九州知行割りの論功行賞が発表され、鎮房父子の本拠城井郷を含む豊前六郡、十二万石余は、黒田孝高《よしたか》（如水）に与えられた。また、豊前の他の二郡（企救・田河）は、毛利勝信の領地となった。

　では、豊前最大の国人領主、宇都宮鎮房の処遇は、どうなったのか――。秀吉は、鎮房の子朝房が父の名代として秀吉軍に参加していたので、朝房に豊前国外に移封の朱印状を与えていた。その移封先については、伊予今治十二万石といい、一方、上筑後二百町ともいわれる。秀吉が平定を急いだため、朱印状を濫発したことも挙げられるが、旧勢力解体の面からすれば、あるいは二百町とも考えられる。

　だが、鎮房父子は、秀吉に、この朱印状を返上して「領地の大小より、四百年続いた祖先の領地に所領を賜わりたい」と申し出た。

　父子の朱印状返上は、秀吉への反抗と見なされ、彼らは、秀吉の不興をかった。一方、新領主の黒田孝高は同年七月、豊前に入国、長野種信（秋月種実の子）がいた馬ヶ岳城（行橋市西谷）に入った。

　鎮房は、企救、田河二郡の新領主となった秀吉側近の毛利勝信に、秀吉への旧領復帰のとりなしを頼んだが、不成功に終わった。勝信は、鎮房に同情して自分の領地、田河郡赤郷のうち三村を馬飼料とし貸し与えてくれた。

　一方、黒田孝高・長政父子は、新領地への施策をつぎつぎに実行していたので、宙に浮いた鎮房は、遂に七月中旬、居城の大平城を出て赤郷に移った。

　鎮房が赤郷に移って間もなく、肥後国内で一揆が発生した。新領主、佐々《さっさ》成政《なりまさ》の検地強行に対して、国人たちの不満が一挙に爆発し、同年八月初め、隈部親永《くまべちかなが》らが暴動の口火を切り、一揆の火の手は北部から中部へと広がっていった。

秀吉は、一揆鎮圧のため、周辺の諸大名に出動を命じた。孝高は早速、兵を率いて出陣したが、肥後に着く前に長政から豊前領内で一揆発生の急報を受けた。宇都宮氏一族の如法寺輝則《ねほうじてるのり》や緒方維綱《おがたこれつな》、日熊直次《ひぐまなおつぐ》らの旧体制派の在地領主たちが、孝高の不在中に一揆ののろしを上げた。

赤郷にいた鎮房は、豊前国内に火の手が上ると、反黒田への挙兵にふみ切り、赤郷を出て黒田の部将が警備していた大平城を奪回、一族や郎党たちが籠城に入った。

孝高は、急変に驚き、秀吉に報告し、近隣の大名に援軍を要請して暴徒討伐の準備をした。やがて毛利輝元が派遣した援軍が到着、隣郡の毛利勝信も兵を出すなど、黒田連合軍が威力を発揮しはじめ、一揆側を押さえこんでゆく。だが、最大の敵は宇都宮鎮房である。

彼は、嫡子朝房とともに、大平城に拠り、その奥の要害城井上城を詰め城としていた。

十月九日、黒田・毛利連合軍は城井谷への攻撃を開始、三千の軍勢で押し寄せた（『陰徳太平記』）。

一方、山岳戦に長《た》けた宇都宮勢は、山の隅ずみまで知っていて、連合軍の進路を予測して、各所に砦を設けて待ち伏せしていた。

連合軍は、これを知らずに山道を押し合って進んできたところ、宇都宮勢が突如、四方から襲いかかった。思わぬ奇襲をうけてたちまちパニック状態となり、地理不案内の山路でつぎつぎに討たれた。援軍の毛利の将勝間田重晴が戦死。長政の家来大野小弁は、主人の身代わりになって死んだ。長政は、危地を脱して命からがら帰ることができた。

その後、孝高は鎮房に対して持久戦の構えをとり、他の一揆方の城を潰しながら、鎮房らの守る城井谷を孤立させる。

一方、鎮房側も籠城が長びけば、食糧、物資が欠乏、病人も出てきて自滅しかねない。そこを見すかすように孝高は、和議を勧めたので、鎮房もついに折れ、嫡子朝房と娘鶴姫を人質として降った。

同年十二月下旬、城井宇都宮鎮房の降伏によって二カ月余に及んだ豊前一揆は鎮圧され、肥後一揆も秀吉軍によって征伐された。

なお鎮房の娘鶴（千代ともいう）姫は、長政の室として中津城に迎えられたとする地元説が根強く伝わっている。

翌、天正十六年初め、黒田父子は中津城に移った。この年の二月、黒田孝高は秀吉の命で、肥後へ検地奉行として出張する。出発前、孝高は子長政に「彼表《かのおもて》（城井谷のこと）油断あるべからざるよし」（『黒田家譜』）。と、言い置いて従者をつれて出立した。

孝高らが肥後へ出向いて二カ月後の四月二十日、突然、鎮房が長政に挨拶と称して中津城に従者数十人をひきつれてやってきた。

長政は、鎮房が予告もなく、孝高の留守を狙って多勢で押しかけてきたことに、〝反心〟あり

宇都宮鎮房の墓（築上郡築城町・天徳寺）

と見てとった。長政は、直ちに家臣らと計り、鎮房謀殺の手筈をととのえた。その手口は、だまし討ちにひとしいもので、鎮房の従者たちは城外で待たされ、入城できたのは鎮房と小姓だけであった。長政は、酒席を設けて彼を接待した。そして示し合わせた通りの動作で気づかれぬように事を運び、長政が発した合図の言葉とともに、家士曽我太郎兵衛が三宝に肴をのせて入ってくると、いきなり、これを鎮房に投げつけ、一太刀浴びせた。

鎮房は、脇差しを抜きかけて立ち上らんとしたが、長政が素早く彼の肩を切り下げた。彼は、左肩に致命傷を受け、めった切りにされて絶命した。享年五十三。

鎮房の小姓も討たれ、城外にいた従者たちは、合元寺《ごうがんじ》（浄土宗、中津市寺町）に逃れて取り囲む黒田勢と戦ったが全員討ち果たされ悲惨な最期をとげた。

長政は、鎮房謀殺後、城井谷を攻めて、その居館を焼き払い、鎮房の父長甫を捕殺した。一方、肥後滞在中の孝高は、鎮房誅殺の報告を受けると、同行させていた人質の朝房を兵に襲わせて暗殺した。時に十八歳であった。

一方、人質として中津城にいた鶴姫は、父鎮房が惨殺されたあと、山国川のほとり、広津の千本松（築上郡吉富町小犬丸）で、磔殺《たくさつ》（はりつけ）された。彼女は処刑前、磔の柱を作っている音を聞き、自分の処刑を知り、

なかなかにきいて果てなん唐衣《からごろも》わがために織るはたものの音

の一首を詠み残して侍女たちとともに処刑された。村人たちは彼女たちを悼《いた》んで、小塚を築いて埋葬した。鶴姫一同の霊は、現在、宇賀神社に祀られている。彼女たちの最期の日を「天正十六年四月廿二日」と、『豊前宇都宮史』は記している。鶴姫、十三歳であった。

築上町本庄の天徳寺（曹洞宗）には、城井宇都宮長房（長甫）、鎮房、朝房の三代の墓が並んでいて豊前宇都宮氏の最後の姿を伝えている。

宇賀神社（貴船神社に合祀、築上郡吉富町）

あとがき

本書は、漢詩（七言絶句）と、九州戦国史をセットにした今までにない漢詩史書です。戦国時代の九州各地の古城、古戦場にたたずみ、武将たちや女傑を思い、四十二編を詠み、当時の歴史背景を記し、初めて漢詩を読まれる人でも、読み方、語意、詩意を付して分かり易く解説しており、詩と「歴史考」をそれぞれ対照にして読んでいただければ、著者の意図がご理解いただけるものと思います。

このような試みは初めてのもので。読者は本書によって漢詩とともに、九州戦国史を総覧できるものと確信しています。

私は、かつてある文化講座で、漢詩講座を担当した際に、戦国武将たちが詠んだ漢詩と、史話を講じたことから、それが伏線となり、いつか九州戦国史を基にして漢詩と、その歴史を書くことを念願としていました。

漢詩には、平仄《ひょうそく》、韻《いん》、構成上の公式や、その他の決まりごとなど制約がありますが、一語がもつ心の琴線にふれる玄妙な味わいと奥深さがあります。

今まで漢詩に興味を持たれなかった人でも、本書の「歴史考」を通読されれば、二十八文字の短い詩語と表裏一体になり、九州戦国史の実相に触れ、当時の状況に思いを馳せられることでしょう。

この本が、各方面の方々のお役に立ち、長くご愛読いただければこれにまさる喜びはありません。

本書刊行にあたり、尽力いただだいた海鳥社西俊明社長をはじめ、スタッフの皆さんに厚くお礼を申し上げます。

合掌

二〇一三年四月五日

吉永正春

吉永正春（よしながまさはる）　1925年、東京に生まれる。門司・豊国商業学校卒業。現在、戦国史家として講演、執筆活動に活躍。主な著書に、『筑前戦国史』『九州戦国合戦記』『戦国九州の女たち』『九州戦国の武将たち』『九州のキリシタン大名』（ともに海鳥社刊）、『筑前立花城興亡史』（西日本新聞社刊）、共著に『エッセイで楽しむ日本の歴史』（文藝春秋）など多数がある。2004年、福岡市文化賞を受章。2009年、西日本文化賞を受章。

漢詩《かんし》でめぐる九州《きゅうしゅう》戦国史《せんごくし》

■

2013年5月25日　第1刷発行

■

著者　吉永正春

発行者　西　俊明

発行所　有限会社海鳥社

〒810-0072 福岡市中央区長浜3丁目1番16号

電話092（771）0132　FAX092（771）2546

http://www.kaichosha-f.co.jp

印刷・製本　大村印刷株式会社

ISBN978-4-87415-884-5

［定価は表紙カバーに表示］